# 銀河鉄道の星

宮沢賢治 原作　後藤正文 編　牡丹靖佳 絵

ミシマ社

目次

# 銀河鉄道の夜

# 一　午後《ごご》の授業《じゅぎょう》

「では、みなさんは、そういうふうに川《かわ》だと言われたり、ミルクの流《なが》れたあとだと言われたりしている、このぼんやりとした白いものが本当《ほんとう》は何なのか知《し》っていますか。」

黒板《こくばん》につるした大きな黒《くろ》い星座《せいざ》の図《ず》の、上から下へ白く煙《けむり》のようになった星《ほし》の帯《おび》のようなところを指《さ》しながら、先生《せんせい》はみんなに問《と》いかけました。

カムパネルラが手をあげました。つづいて四、五人が手をあげました。ジョバンニも手をあげようとしましたが、急《いそ》いでそのままやめました。確《たし》か、あれはみんな星《ほし》だと雑誌《ざっし》で読《よ》んだけれど、このごろジョバンニは教室《きょうしつ》でいつも眠《ねむ》く、本を読《よ》むヒマも読《よ》む本もないので、なんだかどんなこともよくわからないような気《き》がするのでした。

ところが、先生《せんせい》はジョバンニが手を下ろしたのを見つけました。

「ジョバンニさん。あなたはわかっているのでしょう。」

ジョバンニは勢《いきお》いよく立ち上がりましたが、はっきりと答《こた》えることができませんでした。

ザネリが前の席《せき》から振《ふ》り返《かえ》って、ジョバンニを見てクスッと笑《わら》いました。ジョバンニはドギマギして、真《ま》っ赤《か》になってしまいました。先生《せんせい》がまた言いました。

「大きな望遠鏡《ぼうえんきょう》で銀河《ぎんが》をよく調《しら》べると、銀河《ぎんが》は何でできているでしょうか。」

やっぱり星《ほし》だとジョバンニは思いましたが、今度《こんど》もすぐに答《こた》えることができませんでした。

先生《せんせい》はしばらく困《こま》った様子《ようす》でしたが、目をカムパネルラのほうへ向《む》けて、「では、カムパネルラさん。」と呼《よ》びました。すると、あんなに元気《げんき》に手をあげたカムパネルラが、やはりモジモジと立ったまま、答《こた》えることができませんでした。

先生《せんせい》は意外《いがい》なように、しばらくジッとカムパネルラを見ていましたが、「じゃあ、いいですよ。」と言いながら、自分《じぶん》で星座《せいざ》を指《さ》しました。

「このぼんやりと白い銀河《ぎんが》を大きくて良い望遠鏡《ぼうえんきょう》で見ると、たくさんの小さな星《ほし》が見えるのです。ジョバンニさん、そうですよね。」

ジョバンニは真《ま》っ赤《か》になってうなずきました。けれども、ジョバンニの目のなかは涙《なみだ》でいっぱいになりました。

「そうだ、僕《ぼく》は知《し》っていたんだ。もちろんカムパネルラも知《し》っている。それは、いつだったかカムパネルラのお父《とう》さんの博士《はかせ》のうちで、カムパネルラと一緒《いっしょ》に読《よ》んだ雑誌《ざっし》のなかにあったんだ。」とジョバンニは思いました。カムパネルラは、その雑誌《ざっし》を読《よ》むと、すぐにお父《とう》さんの部屋《へや》から大きな本を持《も》ってきて、「ぎんが」というところを広げて、ふたりは真《ま》っ黒《くろ》なページいっぱいに白い点々《てんてん》のある美《うつく》しい写真《しゃしん》をいつまでも見たのでした。「それをカムパネルラが忘《わす》れるはずもないのに、すぐに返事《へんじ》をしなかったのは、このごろ僕《ぼく》が朝《あさ》や午後《ごご》の家《いえ》の手伝《てつだ》いで辛《つら》そうで、学校《がっこう》に来てもみんなと元気《げんき》に遊《あそ》ばずに、カムパネルラともあまり話をしないようになったので、僕《ぼく》を気《き》の毒《どく》に思ってわざと返事《へんじ》をしなかったんだ。」ジョバンニは、そう考《かんが》えるとたまらないほど、自分《じぶん》もカムパネルラもかわいそうな気《き》がするのでした。

先生《せんせい》はつづけて言いました。

「ですから、もしもこの天《あま》の川《がわ》が本当《ほんとう》に川だと考《かんが》えるなら、その一つひとつの小《ち》さな星《ほし》は、みんなその川の底《そこ》の砂《すな》やジャリの粒《つぶ》にあたるわけです。また、天の川を大きなミルクの流《なが》れだと考《かんが》えると、もっとわかりやすいでしょう。つまり、その星《ほし》たちは、ミルクのなかに細《こま》かく浮《う》かんでいるアブラの玉《たま》にあたるのです。その場合《ばあい》、何が川の水にあたるかと言うと、それは真空《しんくう》という光をある速《はや》さで伝《つた》えるもので、太陽《たいよう》や地球《ちきゅう》も、そのなかに浮《う》かんでいるのです。つまり、私《わたし》たちも天の川の水のなかに住《す》んでいるわけです。そして、その天の川の水のなかからあちらこちらを見ると、ちょうど水が深《ふか》いほど青く見えるように、天の川の底《そこ》の深《ふか》く遠《とお》いところほど星《ほし》がたくさん集《あつ》まって見えます。だから、白くぼんやり見えるのです。この模型《もけい》を見てみてください。」

先生《せんせい》は、なかにたくさん光る砂《すな》の粒《つぶ》の入った大きな両面《りょうめん》の凸《とつ》レンズを指《さ》しました。

「天の川の柱《はしら》はちょうどこんな感《かん》じです。この光《ひか》る粒《つぶ》の一つひとつが、みんな太陽《たいよう》と同じように自分《じぶん》で光っている星《ほし》だと考《かんが》えます。太陽《たいよう》は、このほぼ真《ま》ん中《なか》にあって、地球《ちきゅう》がそのすぐ近《ちか》くにあるとします。みなさんは夜《よる》に、この真《ま》ん中《なか》に立って、レンズのなかを見まわしていると思って考《かんが》えてみてください。レンズが薄《うす》いほうは、ほんの少しの光る粒《つぶ》だけ、つまり、少しの星《ほし》しか見えないでしょう。レンズの厚《あつ》いところは光る粒《つぶ》、星《ほし》がたくさん見えて、遠《とお》いところがボウッと白く見えます。これが銀河《ぎんが》だと考《かんが》えられています。そして、このレンズの大きさがどれくらいあるのか、また、そのなかの様々《さまざま》な星《ほし》については、もう時間《じかん》ですから、この次の理科《りか》の時間《じかん》にお話しします。今日《きょう》はその銀河《ぎんが》のお祭《まつ》り、七夕《たなばた》ですから、みなさん外《そと》に出てよく空を見てみてください。では、ここまでです。本やノートをしまってください。」

そして、しばらく教室《きょうしつ》は机《つくえ》のなかに物《もの》をしまったり、何かを開《あ》けたりしめたり、本を重《かさ》ねたりする音《おと》でいっぱいでしたが、間《ま》もなく、みんなはきちんと立って礼《れい》をすると教室《きょうしつ》を出て行きました。

# 二　活版所《かっぱんじょ》（印刷所《いんさつじょ》）

ジョバンニが学校《がっこう》の門《もん》を出るとき、同《おな》じクラスの七、八人は家《いえ》へ帰《かえ》らずに、カムパネルラを真《ま》ん中《なか》にして校庭《こうてい》のすみの桜《さくら》の木のところに集《あつ》まっていました。それは今夜《こんや》の銀河《ぎんが》のお祭《まつ》りで川へ流《なが》す青い明《あ》かりをこしらえるための、カラスウリ

を取《と》りに行く相談《そうだん》らしかったのです。

けれども、ジョバンニは手を大きく振《ふ》って、ドシドシと学校《がっこう》の門《もん》を出て行きました。すると、町の家々《いえいえ》では、今夜《こんや》の銀河《ぎんが》のお祭《まつ》りのためにアララギの葉《は》っぱで作った玉《たま》をつるしたり、ヒノキの枝《えだ》に明《あ》かりをつけたり、いろいろと支度《したく》をしているのでした。

ジョバンニは家《いえ》へ帰《かえ》らず、町の角《かど》を三つ曲がって、大きな印刷所《いんさつじょ》に入って行きました。入り口の計算台《けいさんだい》に居《い》るダブダブの白いシャツを着《き》た人にお辞儀《じぎ》をして、靴《くつ》を脱《ぬ》いであがると、つき当たりの大きなドアを開《あ》けました。まだ昼《ひる》なのに部屋《へや》のなかは電灯《でんとう》がついていて、たくさんの輪転機《りんてんき》（印刷機械《いんさつきかい》）がバタリバタリとまわり、布《ぬの》きれで頭《あたま》をしばったり、ランプシェードをかけたりした人たちが、何かを歌《うた》うように読《よ》んだり数《かぞ》えたりしながら働《はたら》いていました。

ジョバンニは入り口から三番目の高いテーブルに座《すわ》った人のところへ行ってお

辞儀《じぎ》をしました。その人はしばらく棚《たな》を探《さが》してから、「これだけ拾《ひろ》っていけるかね。」と言いながら、一枚の紙《かみ》をジョバンニに渡《わた》しました。

ジョバンニはその人のテーブルの足もとから、ひとつの小さな平たい箱《はこ》を取《と》り出して、向こうに立てかけてある電灯《でんとう》のたくさんついた壁《かべ》のすみのところにしゃがみ込むと、まるで米粒《こめつぶ》ぐらいの活字《かつじ》（金属《きんぞく》などで作った字の型《かた》）を次から次へとピンセットで拾《ひろ》いはじめました。青いエプロンをした人がジョバンニのうしろを通りながら、「よう、虫《むし》めがねくん。おはよう。」と言うと、近《ちか》くの四、五人の人たちがこっちも向かずに、声《こえ》も立てず冷《つめ》たく笑《わら》いました。

ジョバンニは何度《なんど》も目をこすりながら、活字《かつじ》を少しずつ拾《ひろ》いました。

六時の鐘《かね》の音《ね》が鳴《な》ってしばらくたったころ、ジョバンニは拾《ひろ》った活字《かつじ》をいっぱいに入れた平《ひら》たい箱《はこ》を手に持《も》った紙切《かみき》れともう一度《いちど》照《て》らし合わせてから、さっきのテーブルの人のところへ持《も》って行きました。その人はそれを黙《だま》って受《う》け取《と》ると、かすかにうなずきました。

　ジョバンニはお辞儀《じぎ》をして、ドアを開《あ》けて計算台《けいさんだい》のところへ行きました。すると、さっきの白いシャツを着《き》た人がやっぱり黙《だま》って小さな銀貨《ぎんか》をひとつ、ジョバンニに渡《わた》しました。ジョバンニは急《きゅう》に顔色《かおいろ》が良くなって、勢《いきお》いよくお辞儀《じぎ》をすると、台《だい》の下《した》に置《お》いたカバンを持って表《おもて》へ飛《と》び出しました。それから、元気《げんき》よく口《くち》ぶえを吹《ふ》きながらパン屋に寄《よ》って、パンを一斤《いっきん》と角砂糖《かくざとう》を一袋《ひとふくろ》買うと一目散《いちもくさん》に走《はし》り出しました。

## 三　家《いえ》

ジョバンニが勢《いきお》いよく帰《かえ》って行ったのは、ある裏町《うらまち》の小さな家《いえ》でした。三つならんだ家《いえ》の一番《いちばん》左の入り口には紫色《むらさきいろ》のケールやアスパラガスが空《あ》き箱《ばこ》に植《う》えてあって、小さなふたつの窓《まど》はブラインドが下《お》りたままになっていました。

「お母《かあ》さん、いま帰《かえ》ったよ。具合悪《ぐあいわる》くなかったの？」

ジョバンニは靴《くつ》を脱《ぬ》ぎながら言いました。

「ああ、ジョバンニ、お仕事大変《しごとたいへん》だったでしょう。今日《きょう》は涼《すず》しくてね。私《わたし》はずっと具合《ぐあい》がいいよ。」

玄関《げんかん》を上がって行くと、ジョバンニのお母《かあ》さんが入り口の近《ちか》くの部屋《へや》で白い布《ふ》団《とん》をかぶって休んでいたのでした。

ジョバンニは窓《まど》を開《あ》けました。

「お母《かあ》さん、今日《きょう》は角砂糖《かくざとう》を買ってきたよ。牛乳《ぎゅうにゅう》に入れてあげようと思って。」

「ジョバンニ、先に食べていいんだよ。母《かあ》さんはまだ欲《ほ》しくないんだから。」

「姉《ねえ》さんはいつ帰《かえ》ったの？」

「うん、三時ごろに帰《かえ》ったよ。いろいろ世話《せわ》をしてくれてね。」

「お母《かあ》さんの牛乳《ぎゅうにゅう》は来てない？」

「来なかったのかもしれないね。」

「僕《ぼく》が行って取《と》ってくるよ。」

「母《かあ》さんはゆっくりでいいんだから、先に食べなさい。姉《ねえ》さんがね、トマトで何か作って、そこに置《お》いていったよ。」

「じゃあ、僕《ぼく》、食《た》べるね。」

ジョバンニは窓《まど》のところからトマト料理《りょうり》の載《の》った皿を取《と》って、パンと一緒《いっしょ》にむしゃむしゃと食《た》べました。

「ねえ、お母《かあ》さん。僕《ぼく》、お父《とう》さんはもうすぐ帰《かえ》ってくると思うよ。」

「ああ。母《かあ》さんもそう思うわ。けれども、ジョバンニはどうしてそう思うの？」

「だって、今朝《けさ》の新聞《しんぶん》に、今年《ことし》は北《きた》のほうが大漁《たいりょう》だって書いてあったから。」

「そうかい。だけどね、お父《とう》さんは漁《りょう》に出てないかもしれないよ。」

「きっと出てるよ。お父《とう》さんが牢屋《ろうや》に入るような悪《わる》いことをしたはずがないんだ。この前にお父《とう》さんが学校《がっこう》へ持ってきて寄贈《きぞう》した巨大蟹《きょだいがに》の甲羅《こうら》とか、トナカイのツノだとか、今だって理科室《りかしつ》に飾《かざ》ってあるんだ。六年生の授業《じゅぎょう》のときに先生《せんせい》が替《か》わるがわる教室《きょうしつ》へ持って行くよ。一昨年《おととし》の修学旅行《しゅうがくりょこう》の事前学習《じぜんがくしゅう》でも使ったんだ。」

「お父《とう》さん、この次はジョバンニにラッコの上着《うわぎ》を持ってくるって言ってたね。」

「みんな、僕《ぼく》に会うとそれを言うよ。冷《ひ》やかすように言うんだ。」

「悪口《わるぐち》を言われるの？」

「うん。でも、カムパネルラは絶対《ぜったい》言わない。カムパネルラはみんながそうやって言うときは、気《き》の毒《どく》そうにしているよ。」

「カムパネルラさんのお父《とう》さんとうちのお父《とう》さんは、ちょうどあなたたちのように小さいときからの友達《ともだち》だったそうよ。」

「うん。だから、お父《とう》さんは僕《ぼく》をカムパネルラのうちへよく連《つ》れていってくれたよね。あのころは良かったなぁ。僕《ぼく》は学校《がっこう》から帰《かえ》る途中《とちゅう》、何度《なんど》もカムパネルラのうちに寄《よ》ったし。カムパネルラのうちにはアルコールランプで走《はし》る汽車《きしゃ》があったんだ。レールを七《なな》つつなげると丸《まる》くなって、それに電柱《でんちゅう》や信号機《しんごうき》もついていて、信号機《しんごうき》の明《あ》かりは汽車《きしゃ》が通るときだけ青く光るようになっていたんだ。いつだったかアルコールがなくなったときにオイルをつかったら、釜《かま》が真《ま》っ黒《くろ》になっちゃったんだよ。」

「そうだったのね。」

「今も毎朝《まいあさ》、カムパネルラのうちへ新聞《しんぶん》を配達《はいたつ》しに行くよ。でも、朝《あさ》はまだ家《いえ》中《じゅう》シーンとしているからなぁ。」

「早《はや》いからねぇ。」

「ザウエルっていう犬がいるよ。しっぽがホウキみたいなんだ。僕《ぼく》が行くと鼻《はな》を鳴《な》らしてついてくるよ。ずっと町のはじまでついてくる。もっとついてくることもあるんだ。今夜《こんや》はみんなでカラスウリの明《あ》かりを川へ流《なが》しに行くんだって。きっとザウエルもついて行くんじゃないかな。」

「そうだ。今夜《こんや》は銀河《ぎんが》のお祭《まつ》りだね。」

「うん。僕《ぼく》、牛乳《ぎゅうにゅう》を取《と》りに行きながら見てくるよ。」

「ああ、行っておいで。川には入らないでね。」

「うん。岸《きし》から見るだけにするよ。一時間《じかん》で行ってくるね。」

「もっと遊《あそ》んできていいんだよ。カムパネルラさんと一緒《いっしょ》なら心配《しんぱい》ないから。」

「うん。わかった。ねえ、お母《かあ》さん、窓《まど》を閉《し》めてから行こうか？」

「そうね、お願《ねが》いするわ。もう涼《すず》しいからね。」

ジョバンニは立って窓《まど》を閉《し》めて、お皿《さら》やパンの袋《ふくろ》を片《かた》づけると、勢《いきお》いよく靴《くつ》を履《は》いて「じゃあ、一時間《じかん》半で帰《かえ》ってくるよ。」と言いながら、暗《くら》い戸口《とぐち》を出ました。

## 四　ケンタウロス祭《まつ》りの夜《よる》

ジョバンニは口笛《くちぶえ》を吹《ふ》くようにさびしく口をとがらせて、真《ま》っ黒《くろ》になったヒノキが並《なら》ぶ坂《さか》を下りて行きました。

坂《さか》の下に大きくて立派《りっぱ》な街灯《がいとう》がひとつ、青白《あおじろ》く光って立っていました。ジョバンニがどんどん街灯《がいとう》のほうに下りて行くと、今まで化《ば》け物《もの》のように長くぼんやりうしろへ伸《の》びていたジョバンニの影《かげ》ぼうしは、だんだん濃《こ》く黒くはっきりとなって、足を上げたり手を振《ふ》ったり、ジョバンニの横《よこ》のほうにまわってくるのでした。

僕《ぼく》は立派《りっぱ》な機関車《きかんしゃ》だ。ここは下《くだ》り勾配《こうばい》だから速《はや》いぞ。僕《ぼく》は今、その電灯《でんとう》を通り越《こ》す。ほら、今度《こんど》は僕《ぼく》の影《かげ》ぼうしがコンパスみたいだ。あんなにクルッとまわって前のほうに来た。と、ジョバンニが頭《あたま》のなかでつぶやきながら、大股《おおまた》で電灯《でんとう》の下を通りすぎたとき、襟《えり》の尖《とが》った新《あたら》しいシャツを着《き》たザネリが、いきなり電灯《でんとう》の向《む》こう側《がわ》の暗《くら》い小路《こうじ》から出て来て、ひらっとジョバンニとすれ違《ちが》いました。

「ザネリ、カラスウリを流《なが》しに行くの？」

ジョバンニがまだそう言ってしまわないうちに、ザネリが投《な》げつけるようにうしろから叫《さけ》びました。

「ジョバンニ、お父《とう》さんからラッコの上着《うわぎ》が来るよ。」

ジョバンニはバッと胸《むね》が冷《つめ》たくなり、そこらじゅうがキーンと鳴《な》るように感《かん》じました。

「なんだよ、ザネリ。」

ジョバンニは高く大きな声《こえ》で叫《さけ》び返《かえ》しましたが、もうザネリは向こうのヒバの植《う》えられた家《いえ》のなかに入っていました。

「ザネリはどうして僕《ぼく》がなんにもしてないのに、あんなことを言うんだろう。走《はし》るときはまるでネズミのようなくせに。僕《ぼく》がなんにもしてないのに、あんなことを言うのはザネリがバカだからだ。」

ジョバンニはせわしなくいろいろなことを考《かんが》えながら、様々《さまざま》な明《あ》かりや木の枝《えだ》ですっかりきれいに飾《かざ》られた町を通って行きました。

時計屋《とけいや》の店《みせ》には明るいネオン灯《とう》が点《つ》いていて、売《う》り物《もの》の時計《とけい》では一秒《いちびょう》ごとに石で作ったフクロウの赤い目がクルクルと動《うご》いたり、いろいろな宝石《ほうせき》が海《うみ》のような色をした厚《あつ》いガラスの盤《ばん》に乗《の》って星《ほし》のようにゆっくり巡《めぐ》ったり、向《む》こう側《がわ》から銅《どう》の人形《にんぎょう》や馬がゆっくりとこちらへまわって来たりするのでした。店の壁《かべ》の真《ま》ん中《なか》には、黒くて丸い星座《せいざ》の早見表《はやみひょう》が青いアスパラガスの葉《は》と一緒《いっしょ》に飾《かざ》ってありました。

ジョバンニは我《われ》を忘《わす》れて、その星座《せいざ》の図《ず》に見入《みい》りました。

それは昼間《ひるま》に学校《がっこう》で見た星座《せいざ》の図《ず》よりもずっと小さかったのですが、日付《ひづけ》と時《じ》間《かん》に合わせて盤《ばん》をまわすと、そのときに出ている空がそのまま楕円形《だえんけい》のなかに巡《めぐ》って現《あらわ》れるようになっていて、真《ま》ん中《なか》には上から下へかけて銀河《ぎんが》がボーッと煙《けむり》の帯《おび》のようになり、下のほうでは爆発《ばくはつ》してかすかに湯気《ゆげ》でも上げているように見えるのでした。また、そのうしろには三本《さんぼん》の脚《あし》のついた黄色《きいろ》に光る小さな望遠《ぼうえん》鏡《きょう》が立ててあり、さらにうしろの壁《かべ》には空じゅうの星座《せいざ》を不思議《ふしぎ》な獣《けもの》やヘビや魚《さかな》や瓶《びん》の形に描《か》いた大きな図《ず》がかかっていました。「こんなサソリだの勇士《ゆうし》だのが本当《ほんとう》に空にギッシリいるんだろうか。ああ、僕《ぼく》はそのなかをどこまでも歩《ある》いてみたい。」と、ジョバンニは思って、しばらくぼんやり立っていました。

それから、急《きゅう》にお母《かあ》さんの牛乳《ぎゅうにゅう》のことを思い出して、ジョバンニはその店を離《はな》れました。そして、窮屈《きゅうくつ》な上着《うわぎ》を気《き》にしながら、それでもわざと胸《むね》を張《は》って、大きく手を振《ふ》って町を通って行きました。

空気は澄《す》みきって、まるで水のように通りや店のなかを流《なが》れていました。街灯《がいとう》はどれも真《ま》っ青《さお》なモミやナラの枝《えだ》でつつまれ、電気会社《でんきがいしゃ》の前の六本《ろっぽん》のプラタナスの木にはたくさんの豆電球《まめでんきゅう》がついていて、町じゅうが人魚《にんぎょ》の都《みやこ》のように見えるのでした。子供《こども》たちはみんな新《あたら》しい折目《おりめ》のついた着物《きもの》を着て、星《ほし》めぐりの口笛《くちぶえ》を吹《ふ》いたり、「ケンタウロス、露《つゆ》を降《ふ》らせろ。」と叫《さけ》んで走《はし》ったり、青いマグネシウムの花火《はなび》を燃《も》やしたりして、楽《たの》しそうに遊《あそ》んでいるのでした。けれども、ジョバンンニは深《ふか》く首《くび》を垂《た》れて、そこらの賑《にぎ》やかさとはまるで違《ちが》ったことを考《かんが》えながら牛《ぎゅう》乳屋《にゅうや》へ急《いそ》ぐのでした。

ジョバンニは、いつのまにか町はずれの、ポプラの木が何本も何本も高く星空《ほしぞら》に浮《う》かんでいるところに来ていました。牛乳屋《ぎゅうにゅうや》の門《もん》をくぐり、牛の匂《にお》いのする薄暗《うすぐら》い台所《だいどころ》の前に立って、ジョバンニは帽子《ぼうし》を脱《ぬ》いで「こんばんは。」と言いました。ところが、家《いえ》のなかはシーンとして誰《だれ》もいないようでした。

「こんばんは。ごめんください。」

ジョバンニは真《ま》っ直《す》ぐに立って、もう一度《いちど》大きな声《こえ》で言いました。すると、しばらく経《た》ってから、年老《としお》いた女の人が、どこか具合《ぐあい》が悪《わる》いようにそろそろと出て来て、「何か用《よう》かしら。」と口のなかで言いました。

「あの、今日《きょう》、牛乳《ぎゅうにゅう》が僕《ぼく》のところへ来なかったので、もらいに来たんです。」

ジョバンニは一生懸命《いっしょうけんめい》、勢《いきお》いよく言いました。

「いま、誰《だれ》も居《い》なくてわからないのよ。明日《あした》にしてくれないかい？」

その人は赤い目の下のところをこすりながら、ジョバンニを見下《みお》ろして言いました。

「お母《かあ》さんが病気《びょうき》なので、今日《きょう》じゃないと困《こま》るんです。」

「じゃあ、もう少し経《た》ってから来てちょうだい。」その人は、そう言いながら部《へ》屋《や》の奥《おく》へ行ってしまいそうでした。

「ありがとうございます。」と、ジョバンニはお辞儀《じぎ》をして、台所《だいどころ》から出ました。

ジョバンニが十字《じゅうじ》になった町のかどを曲《ま》がろうとしたとき、向こうの橋《はし》へ行く道の雑貨店《ざっかてん》の前に黒い影《かげ》やぼんやりとした白いシャツが入り乱《みだ》れていて、六、七人の生徒《せいと》たちが口笛《くちぶえ》を吹《ふ》いたり走《はし》ったりしながら、めいめいにカラスウリの明《あ》かりを持ってやってくるのが見えました。その笑《わら》い声《ごえ》も口笛《くちぶえ》も、みんな聞き覚《おぼ》えのあるものでした。ジョバンニと同じクラスの子供《こども》たちだったのです。ジョバンニはドキッとして思わず戻《もど》ろうとしましたが、思い直《なお》して、いっそう勢《いきお》いよくそちらへ歩《ある》いて行きました。

「川へ行くの?」とジョバンニが言おうとして少し喉《のど》が詰《つ》まったように感《かん》じたとき、ザネリがまた「ジョバンニ、ラッコの上着《うわぎ》が来るよ。」と叫《さけ》びました。

「ジョバンニ、ラッコの上着《うわぎ》が来るよ。」みんながつづけて叫《さけ》びました。

ジョバンニは真《ま》っ赤《か》になって、歩《ある》いているのか走《はし》っているのかもわからないくらいに急いで通り過《す》ぎようとしたとき、そのなかにカムパネルラがいるのに気《き》がつきました。カムパネルラは気《き》の毒《どく》そうに、だまって少し笑《わら》って、怒《おこ》らないだろうかというような顔《かお》をしてジョバンニのほうを見ていました。

ジョバンニは逃《に》げるように、その目を避《さ》けました。そして、カムパネルラの背《せ》の高い姿《すがた》が過《す》ぎて行ってから間《ま》もなく、生徒《せいと》たちはてんでに口笛《くちぶえ》を吹《ふ》きはじめました。町のかどを曲がるときにジョバンニが振《ふ》り返《かえ》ると、ザネリもやはり振《ふ》り返《かえ》ってジョバンニを見ていました。そして、カムパネルラもまた、高く口笛《くちぶえ》を吹《ふ》いて、向こうにぼんやりと見える橋《はし》のほうへ歩《ある》いて行ってしまったのでした。

ジョバンニはなんとも言えずさびしくなって、いきなり走《はし》り出しました。すると耳に手を当てて、「わああ。」と言いながら片足《かたあし》でピョンピョンと跳《は》ねていた小さな子供《こども》たちが、ジョバンニが面白《おもしろ》くて走《はし》り出したのだと思って、「わあい。」と声《こえ》をあげました。ジョバンニは黒い丘《おか》のほうへ急《いそ》ぎました。

## 五　天《てん》気《き》輪《りん》の柱《はしら》

牧場《ぼくじょう》のうしろはゆるい丘《おか》になっていて、その黒い平らな頂上《ちょうじょう》が北の大熊座《おおぐまざ》の星《ほし》の下に、ぼんやりと普段《ふだん》よりも低く連《つら》なって見えました。

ジョバンニは露《つゆ》の降《お》りかかった小さな林《はやし》の小道《こみち》をどんどんと登《のぼ》って行きました。

真《ま》っ暗《くら》な草や、いろいろな形に見える藪《やぶ》の茂《しげ》みの間《あいだ》に、その小さな道がひとすじに白《しろ》く星明《ほしあ》かりに照《て》らされていたのです。草のなかにはピカピカと青い光りを出す小さな虫《むし》もいて、ある葉《は》は青く透《す》かし出され、ジョバンニはさっきみんなが持っていったカラスウリの明《あ》かりのようだと思いました。

真《ま》っ黒《くろ》なマツやナラの林《はやし》を越《こ》えると急《きゅう》にがらんと空がひらけて、天の川がしらしらと南《みなみ》から北《きた》へわたっているのが見え、また頂上《ちょうじょう》の天気輪《てんきりん》の柱《はしら》も見分《みわ》けられました。ツリガネソウかノギクのような花がそこら一面《いちめん》に夢《ゆめ》のなかからでも薫《かお》り出したというように咲《さ》き、一羽《いちわ》の鳥が丘《おか》の上を鳴《な》きつづけながら通って行きました。

ジョバンニは頂上《ちょうじょう》の天気輪《てんきりん》の柱《はしら》の下に来て、どかどかする体を冷たい草に投《な》げました。

町の明《あ》かりは闇《やみ》のなかにまるで海の底《そこ》の竜宮《りゅうぐう》の景色《けしき》のように灯《とも》り、子供《こども》たちの歌《うた》う声《こえ》や口笛《くちぶえ》、きれぎれの叫《さけ》び声《ごえ》もかすかに聞こえて来るのでした。風が遠《とお》くで鳴《な》り、丘《おか》の草も静《しず》かにそよぎ、ジョバンニの汗《あせ》で濡《ぬ》れたシャツもひんやりと冷《つめ》たくなりました。ジョバンニは町の外《はず》れから遠《とお》く黒く広がった野原《のはら》を見わたしました。

そこから汽《き》車《しゃ》の音《おと》が聞こえてきました。小さな列車《れっしゃ》の窓《まど》が一列《いちれつ》に赤く見え、そのなかにはたくさんの旅人《たびびと》が、リンゴをむいたり、笑《わら》ったり、思い思いにしていると考《かんが》えると、ジョバンニはなんとも言えず悲《かな》しくなって、目を空に上げました。

「ああ、あの白い空の帯《おび》がみんな星《ほし》だって言うのか。」

ところが、いくら見ていても、その空は昼《ひる》に先生《せんせい》の言ったようながらんとした冷《つめ》たいところだとは思えませんでした。それどころではなく、見れば見るほど、そこは小さな林《はやし》やら牧場《ぼくじょう》やらのある野原《のはら》のように考《かんが》えられて仕方《しかた》なかったのです。

そして、ジョバンニは青い琴座《ことざ》の星《ほし》が三つにも四つにもなってチラチラと瞬《またた》き、その星《ほし》たちから足が何度《なんど》も出たり引っ込んだりして、最後《さいご》にはキノコのように長

く伸《の》びるのを見ました。ジョバンニは、下の町がぼんやりとしたたくさんの星《ほし》の集《あつ》まりか、ひとつの大きな煙《けむり》のように見えると思いました。

# 六　銀河《ぎんが》ステーション

そして、ジョバンニはすぐうしろの天気輪《てんきりん》の柱《はしら》がいつのまにか三角標《さんかくひょう》（測量《そくりょう》のための標識《ひょうしき》）のかたちになって、しばらくホタルのようにペカペカと消えたり光ったりしているのを見ました。それは段々《だんだん》はっきりして、遂《つい》にはりんと動《うご》かないようになり、濃《こ》い鋼青《こうせい》の空の野原《のはら》に立ちました。新《あたら》しく焼《や》いたばかりの青い鋼《はがね》のように、空の野原《のはら》に真《ま》っ直《す》ぐスキッと立ったのです。

するとどこかで、「銀河《ぎんが》ステーション、銀河《ぎんが》ステーション。」と言う不思議《ふしぎ》な声《こえ》がしたと思うと、いきなり目の前がパッと明るくなりました。それはまるで億万《おくまん》のホタルイカの火をいっぺんに化石《かせき》にして空じゅうに沈《しず》めたという具合《ぐあい》に、またはダイヤモンド会社《がいしゃ》で、値段《ねだん》が安くならないためにわざと採《と》れないふりをして隠《かく》していた金剛石《こんごうせき》を誰《だれ》かがいきなりひっくり返《かえ》してばら撒《ま》いたというように、目の前がサーッと明るくなって、ジョバンニは思わずなんべんも目をこすってしまいました。

気《き》がついてみると、さっきからゴトゴトゴトゴト、ジョバンニの乗っている小さな列車《れっしゃ》が走《はし》りつづけていたのでした。本当《ほんとう》に、ジョバンニは夜《よる》の軽便鉄道《けいべんてつどう》の小さな黄色《きいろ》の電灯《でんとう》の並《なら》んだ車室《しゃしつ》に、窓《まど》の外《そと》を見ながら座《すわ》っていたのです。車室《しゃしつ》のなかは青いベルベットを張《は》った腰掛《こしか》けの席《せき》がまるでガラ空《あ》きで、向こうのねずみ色のニスを塗《ぬ》った壁《かべ》には真鍮《しんちゅう》の大きなボタンがふたつ光っているのでした。

すぐ前の席《せき》に、濡《ぬ》れたように真《ま》っ黒《くろ》な上着《うわぎ》を着た背《せ》の高い子供《こども》が、窓《まど》から頭《あたま》を出して外《そと》を見ているのに気《き》がつきました。そして、その子供《こども》の肩《かた》のあたりが、どうも見たことのあるような気《き》がして、そう思うと、どうしても誰《だれ》だか知《し》りたくてたまらなくなりました。ジョバンニがいきなり窓《まど》から顔《かお》を出そうとしたとき、急《きゅう》にその子供《こども》が顔《かお》を引っ込めてこちらを見ました。

それはカムパネルラだったのです。

ジョバンニが「カムパネルラ、君は前からここにいたの?」と言おうと思ったとき、カムパネルラが「みんなはね、ずいぶん走《はし》ったけれど遅《おく》れてしまったよ。ザネリもね、ずいぶん走《はし》ったけれど追《お》いつかなかった。」と言いました。

ジョバンニは「そうだ、僕《ぼく》たちは今、一緒《いっしょ》に出かけたんだ。」と思いながら、

「どこかで待《ま》っていようか?」と言いました。

なぜかカムパネルラは「ザネリはもう帰《かえ》ったよ。お父《とう》さんが迎《むか》えに来たんだ。」と言いながら、少し顔色《かおいろ》が青ざめて、どこか苦しいという様子《ようす》でした。すると、ジョバンニもなんだかどこかに何か忘《わす》れたものがあるというような、おかしな気持《きも》ちがして黙《だま》ってしまいました。

ところが、カムパネルラは窓《まど》の外《そと》をのぞきながら、もうすっかり元気《げんき》になって、勢《いきお》いよく言いました。

「ああ、しまった。僕《ぼく》、水筒《すいとう》を忘《わす》れてきた。スケッチブックも忘《わす》れてきた。でも、いいんだ。もう少しで白鳥《はくちょう》の停車場《ていしゃじょう》だから。僕《ぼく》、白鳥《はくちょう》を見るのが本当《ほんとう》に好きなんだ。川の遠《とお》くを飛《と》んでいたって、僕《ぼく》にはきっと見えるはずさ。」

そして、カムパネルラは丸い板《いた》のようになった地図《ちず》をしきりにぐるぐる回して見ていました。その地図《ちず》のなかでは、白く表《あらわ》された天の川の左の岸《きし》に沿《そ》って、ひ

とすじの線路《せんろ》が南《みなみ》へ南《みなみ》へとたどって行くのでした。そして、その地図《ちず》の立派《りっぱ》なことに、夜《よる》のように真《ま》っ黒《くろ》な盤《ばん》の上に十一の停車場《ていしゃじょう》や三角標《さんかくひょう》と、湖《みずうみ》や森《もり》が青や橙《だいだい》や緑《みどり》の美しい光でちりばめられていました。ジョバンニはなんだか、その地図《ちず》をどこかで見たような気《き》がしました。

「この地図《ちず》はどこで買ったの？　黒曜石《こくようせき》でできてるね。」

ジョバンニが言いました。

「銀河《ぎんが》ステーションでもらったんだ。ジョバンニはもらわなかったの？」

「うん。僕《ぼく》、銀河《ぎんが》ステーションを通ったっけな。今、僕《ぼく》たちがいるところはここかな？」

ジョバンニは白鳥《はくちょう》と書いてある停車場《ていしゃじょう》のしるしの、すぐ北を指《さ》しました。

「そうだよ。あれ、あの河原《かわら》は月夜《つきよ》かな？」

そちらを見ると、青白《あおじろ》く光る銀河《ぎんが》の岸に、一面《いちめん》の銀色《ぎんいろ》のススキが風にさらさらと揺《ゆ》られて波《なみ》を立てているのでした。

「月夜《つきよ》じゃないよ。銀河《ぎんが》だから光るんだよ。」ジョバンニはそう言いながら跳《は》ねまわりたいくらい愉快《ゆかい》になって、足をコツコツ鳴《な》らして窓《まど》から顔《かお》を出し、星《ほし》めぐりの口笛《くちぶえ》を吹《ふ》きながら一生懸命《いっしょうけんめい》に高く高く伸《の》びあがって、天の川の水を見きわめようとしました。けれども、はじめはどうしてもそれがはっきり見えませんでした。気《き》をつけて見ると、そのきれいな水はガラスや水素《すいそ》よりも透《す》き通《とお》っていて、ときどき目の加減《かげん》かチラチラと紫色《むらさきいろ》の細《こま》かな波《なみ》を立てたり、虹《にじ》のようにギラッと光ったりしながら、声《こえ》もなくどんどん流《なが》されて行き、野原《のはら》にはあっちにもこっちにもリンの光の三角標《さんかくひょう》が美《うつく》しく立っていたのです。遠《とお》いものは小さく、近《ちか》いものは大きく見え、遠《とお》いものは橙《だいだい》や黄色《きいろ》ではっきりし、近《ちか》いものは青白《あおじろ》く霞《かす》んで、あるいは三角形《さんかっけい》、あるいは四角形《しかっけい》、あるいは稲妻《いなずま》や鎖《くさり》のかたちに、様々《さまざま》に並《なら》んで野原《のはら》いっぱいに光っているのでした。

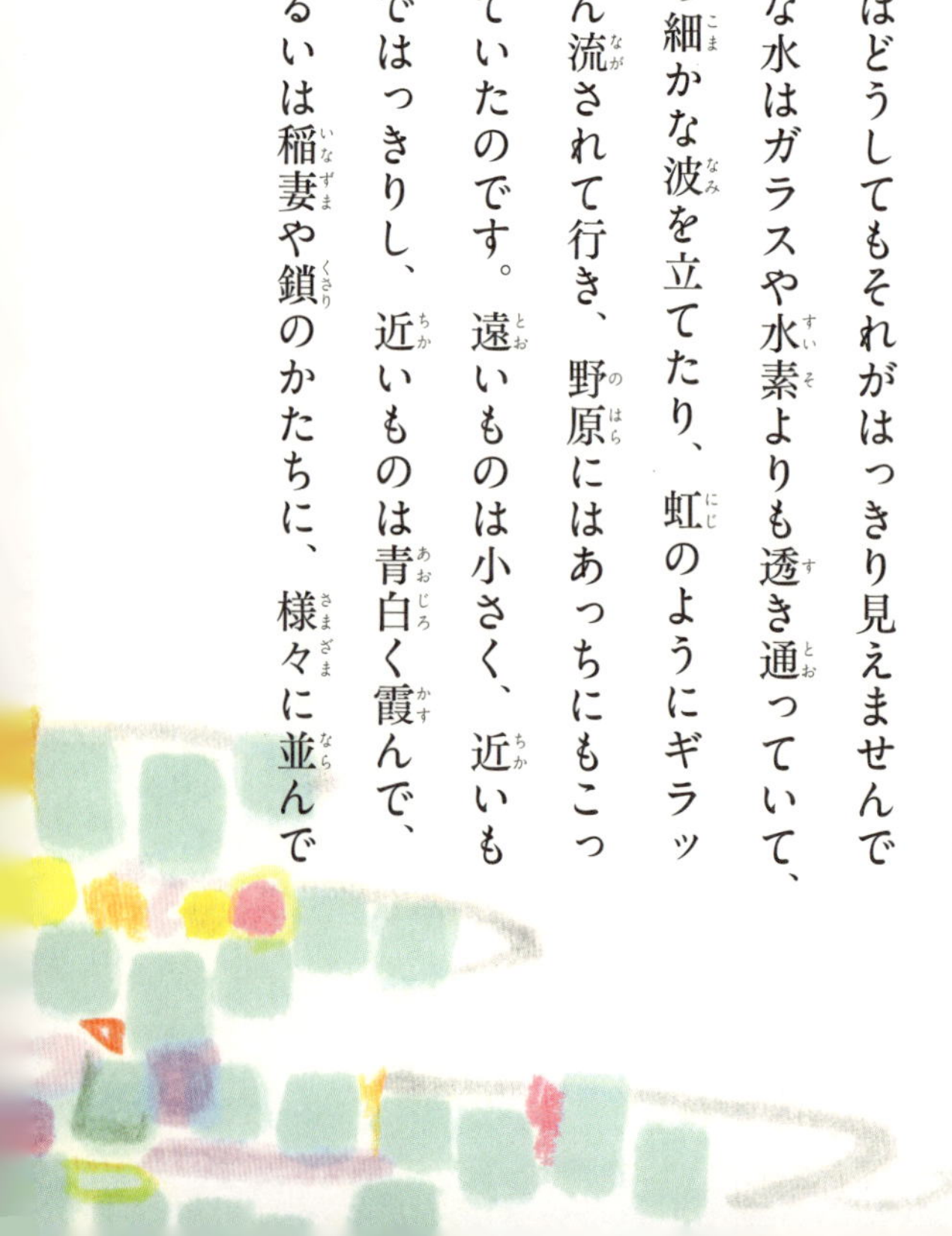

ジョバンニはすっかりドキドキして、やたらに頭《あたま》を振《ふ》りました。すると本当《ほんとう》に、野原《のはら》じゅうの青や橙《だいだい》や様々《さまざま》な色に輝《かがや》くきれいな三角標《さんかくひょう》が、てんでに息《いき》をつくようにチラチラと揺《ゆ》れたり、震《ふる》えたりしているように見えました。

「僕《ぼく》はもう、すっかり天の野原《のはら》に来たんだ。」ジョバンニは言いました。

「それにこの汽車《きしゃ》、石炭《せきたん》をたいてないねぇ。」ジョバンニが左手を突《つ》き出して、窓《まど》から前のほうを見ながら言いました。

「アルコールか電気《でんき》だろう。」カムパネルラが言いました。

ゴトゴトゴトゴト、小さなきれいな汽車《きしゃ》は空のススキが風にひるがえるなかを、あるいは天の川の水や三角点《さんかくてん》の青白《あおじろ》い微光《びこう》のなかを、どこまでもどこまでも走《はし》って行くのでした。

「ああ、リンドウの花が咲《さ》いている。もうすっかり秋《あき》だね。」カムパネルラが窓《まど》の外《そと》を指《さ》して言いました。

線路《せんろ》のへりに生《は》えた短《みじか》い芝草《しばくさ》のなかに、ムーンストーンにでも刻《きざ》まれたような素晴《すば》らしいリンドウの花が咲《さ》いていました。

「僕《ぼく》、飛《と》び降《お》りてあいつを取《と》って、また飛《と》び乗《の》ってみせようか？」ジョバンニが胸《むね》を躍《おど》らせて言いました。

「もうだめだよ。あんなに遠《とお》くに行ってしまったから。」

カムパネルラがそう言ってしまわないうちに、次のリンドウの花がいっぱいに光って過《す》ぎて行きました。と思ったら、もう次から次へと、たくさんの黄色《きいろ》い底《そこ》をしたリンドウの花のコップが湧《わ》くように、雨のように目の前を通り過《す》ぎ、三角《さんかく》標《ひょう》の列《れつ》が煙《けむ》るように、燃《も》えるように、様々《さまざま》に光って立っていたのです。

# 七 北十字《ノーザンクロス》とプリオシン海岸《かいがん》

「お母《かあ》さんは、僕《ぼく》を許《ゆる》してくれるだろうか。」

カムパネルラがいきなり、思い切ったように、少しどもりながら、あせったように言いました。

ジョバンニは、「そうだ、僕《ぼく》のお母《かあ》さんは、あの遠《とお》いひとつの塵《ちり》のように見えるオレンジ色の三角標《さんかくひょう》のあたりにいて、僕《ぼく》のことを考《かんが》えているんだろう。」と思いながら、ぼんやりして黙《だま》っていました。

「僕《ぼく》は、お母《かあ》さんの本当《ほんとう》に幸《さいわ》いになるならどんなことでもする。けれども、いったいどんなことがお母《かあ》さんの一番《いちばん》の幸《さいわ》いなんだろう。」カムパネルラは、なんだか泣《な》き出したいのを一生懸命《いっしょうけんめい》に堪《こら》えているようでした。

「カムパネルラのお母《かあ》さんは、なにも悪いところがないじゃない。」ジョバンニはびっくりして叫《さけ》びました。

「僕《ぼく》にはわからない。だけど、誰《だれ》だって本当《ほんとう》に良いことをしたら、一番《いちばん》しあわせなんだよね。だから、お母《かあ》さんは僕《ぼく》を許《ゆる》してくれると思う。」カムパネルラは何かを決心《けっしん》しているように見えました。

列車《れっしゃ》のなかがにわかにぱっと白く明るくなりました。見ると、金剛石《こんごうせき》や草の露《つゆ》やあらゆる立派《りっぱ》さを集《あつ》めたような、きらびやかな銀河《ぎんが》の河床《かわどこ》の上を、水は声《こえ》もなくかたちもなく流《なが》れ、その流《なが》れの真《ま》ん中《なか》に、ぼうっと青白《あおじろ》く後光《ごこう》が射《さ》したひとつの島《しま》が見えるのでした。島《しま》の平《たい》らな頂上《ちょうじょう》には目の覚《さ》めるほど立派《りっぱ》な白い十字架《じゅうじか》が建《た》って、――それは凍《こお》った北極《ほっきょく》の雲《くも》を溶《と》かしてつくったと言ったらいいか、すきっとした金色の円光《えんこう》をてっぺんにのせて、静《しず》かに永久《えいきゅう》に建《た》っているのでした。

「ハレルヤ、ハレルヤ。」

前からも後ろからも声《こえ》が起《お》こりました。振《ふ》り返《かえ》って見ると、車室《しゃしつ》のなかの旅人《たびびと》たちはみな真《ま》っ直《す》ぐに着物《きもの》のひだをたれ、黒いバイブルを胸《むね》に当てたり、水晶《すいしょう》の数珠《じゅず》をかけたり、どの人もつつましく指《ゆび》を組《く》み合わせて十字架《じゅうじか》に祈《いの》っているのでした。思わず、ふたりも真《ま》っ直《す》ぐ立ち上がりました。カムパネルラの頬《ほお》は、まるで熟《じゅく》したリンゴのように美《うつく》しく輝《かがや》いて見えました。

そして島《しま》と十字架《じゅうじか》は、だんだん列車《れっしゃ》の後ろのほうに過《す》ぎて行きました。

向《む》こう岸《ぎし》も青白《あおじろ》くぽうっと光って煙《けむ》り、ときどき、やっぱりススキが風にひるがえるらしく、その銀色《ぎんいろ》がさっと煙《けむ》って息《いき》でも吹《ふ》きかけたように見え、また、たくさんのリンドウの花が草に隠《かく》れたり出たりして、優《やさ》しい狐火《きつねび》のように見えました。

それもあっという間《ま》で、川と汽車《きしゃ》の間《あいだ》はススキの列《れつ》でさえぎられ、白鳥《はくちょう》の島《しま》が二度《にど》ばかり後ろのほうに見えましたが、じきにもうずうっと遠《とお》く小さな絵のようになってしまい、またススキがざわざわ鳴《な》って、とうとう見えなくなってしまいました。

ジョバンニの後ろには、いつから乗っていたのか、黒い頭巾《ずきん》をかぶった背《せ》の高いカトリックふうの尼《あま》さんが、真《ま》ん丸な緑《みどり》のひとみをじっと真《ま》っ直《す》ぐに落《お》として、過《す》ぎてしまった白鳥《はくちょう》の島《しま》から、まだ何か言葉《ことば》か声《こえ》かが伝わってくるのをつつしんで聞いているように見えました。旅人《たびびと》たちは静《しず》かに席《せき》に戻《もど》り、ふたりも胸《むね》いっぱいの悲《かな》しみに似《に》た新《あたら》しい気《き》持《も》ちを何気《なにげ》なく別《べつ》の言葉《ことば》に置《お》きかえて、そっと話し合ったのです。

「もうすぐで白鳥《はくちょう》の停車場《ていしゃじょう》だね。」

「そうだね。十一時きっかりには着《つ》くよ。」

早くも、シグナルの緑《みどり》の明《あ》かりとぼんやり白い柱《はしら》とがちらっと窓《まど》のそとを過《す》ぎ、それから硫黄《いおう》の炎《ほのお》のような、ぼんやりと暗《くら》い転《てん》てつ機《き》の前の明《あ》かりが窓《まど》の下を通《とお》り、汽車《きしゃ》はだんだんゆるやかになって、間《ま》もなくプラットホームの一列《いちれつ》の電灯《でんとう》が美《うつく》しく規則正《きそくただ》しくあらわれ、それがだんだんと大きくなって広がって、ふたりを乗せた列車《れっしゃ》はちょうど白鳥停車場《はくちょうていしゃじょう》の大きな時計《とけい》の前に来て停《と》まりました。

さわやかな秋《あき》の時計《とけい》の盤面《ダイアル》では、青く焼かれたハガネの二本の針《はり》がくっきり十一時を指《さ》しました。みんなはいっぺんに降《お》りて、車室《しゃしつ》のなかはがらんとなってしまいました。

〔二十分停車《ていしゃ》〕と時計《とけい》の下に書いてありました。

「僕《ぼく》たちも降《お》りてみようか。」ジョバンニが言いました。

「降《お》りよう。」

ふたりは一度《いちど》に跳《は》ね上がって、ドアを飛《と》び出して改札口《かいさつぐち》へ駆《か》けて行きました。

ところが、改札口《かいさつぐち》には明るい紫《むらさき》がかった電灯《でんとう》がひとつ点《つ》いているばかりで、誰《だれ》もいませんでした。そこらじゅうを見ても、駅長《えきちょう》や赤帽《あかぼう》らしい人の影《かげ》もなかったのです。

ふたりは停車場《ていしゃじょう》の前の、水晶細工《すいしょうざいく》のように見えるイチョウの木に囲《かこ》まれた小さな広場《ひろば》に出ました。そこから幅《はば》の広い道が真《ま》っ直《す》ぐに銀河《ぎんが》の青い光のなかへ通《とお》っていました。

先に降《お》りた人たちは、もうどこへ行ったのか、ひとりも見えませんでした。ふたりが肩《かた》を並《なら》べてその白い道を行くと、ふたりの影《かげ》は、ちょうど四方《しほう》に窓《まど》のある

部屋《へや》のなかの二本の柱《はしら》の影《かげ》のように、ふたつの車輪《しゃりん》のスポークのように、四方《しほう》へ何本も何本も伸《の》びるのでした。そして間《ま》もなく、あの汽車《きしゃ》から見えたきれいな河原《かわら》に着《つ》きました。

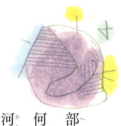

カムパネルラは、そのきれいな砂《すな》を少しつまんで手のひらに広げ、指《ゆび》でキシキシさせながら夢《ゆめ》のように言うのでした。

「この砂《すな》はみんな水晶《すいしょう》だね。なかで小さな火が燃《も》えてる。」

「そうだね。」僕《ぼく》はそんなことをどこで習《なら》ったんだろうと思いながら、ジョバンニもぼんやりと答《こた》えました。

河原《かわら》の小石《こいし》はどれも透《す》き通《とお》っていて、確《たし》かに水晶《すいしょう》やトパーズで、くしゃくしゃのしわを寄《よ》せたような波形《はけい》を持った石や、また角《かど》から青白《あおじろ》い光を出すサファイヤなどもありました。

ジョバンニは、その渚《なぎさ》へ走《はし》って行って手を水に浸《ひた》しました。けれども、怪《あや》しい銀河《ぎんが》の水は水素《すいそ》よりもずっと透《す》き通《とお》っていたのです。それでも本当《ほんとう》に水が流《なが》れていたことは、ふたりの手首《てくび》の水に浸《つ》かったところが水銀色《すいぎんいろ》に少し浮《う》いたように見え、その手首《てくび》にぶつかってできた波《なみ》がうつくしいリン光《こう》をあげてチラチラと燃《も》えるように見えたことでもわかりました。

川上《かわかみ》のほうを見ると、ススキがいっぱいに生《は》えている崖《がけ》の下に、白い平らな岩《いわ》がまるで運動場《うんどうじょう》のように川に沿《そ》って突《つ》き出ているのでした。そこに小さな五、六人の人の影《かげ》が立ったりかがんだり、何か掘《ほ》り出すか埋《う》めるかしているらしく、ときどき何かの道具《どうぐ》がピカッと光っていました。

「行ってみよう。」ふたりは一度《いちど》に叫《さけ》んで、そっちのほうに走《はし》りました。

その白い岩《いわ》になったところの入り口には、〔プリオシン海岸《かいがん》〕と書かれた瀬戸《せと》物《もの》のつるつるした標札《ひょうさつ》が立っていて、向こうの渚《なぎさ》には、ところどころ細《ほそ》い鉄《てつ》の欄《らん》干《かん》も植《う》えられ、木製《もくせい》のきれいなベンチが置《お》いてありました。

「あれ？　変《へん》なものがあるよ。」カムパネルラが不思議《ふしぎ》そうに立ち止まって、岩《いわ》から黒くて細長《ほそなが》い先の尖《とが》ったクルミの実《み》のようなものを拾《ひろ》いました。

「クルミの実《み》だよ。たくさんあるね。流《なが》れてきたんじゃないかな。岩《いわ》のなかに入っているんだ！」

「大きいね、このクルミ。倍《ばい》の大きさはある。こいつは少しも傷《いた》んでいない。」

「早くあそこへ行ってみよう！　きっと何か掘《ほ》っているから。」

ふたりはギザギザの黒いクルミの実《み》を持って、白い岩《いわ》のほうへ近寄《ちかよ》って行きました。左手《ひだりて》の渚《なぎさ》には波《なみ》がやさしい稲妻《いなずま》のように燃《も》えて寄《よ》せ、右手《みぎて》の崖《がけ》には一面《いちめん》、銀《ぎん》や貝《かい》がらでこしらえたようなススキの穂《ほ》が揺《ゆ》れていました。

だんだん近《ちか》づいてみると、ひどい近眼鏡《きんがんきょう》をかけ長靴《ながぐつ》をはいた背《せ》の高い学者《がくしゃ》らしき人が、手帳《てちょう》に何かせわしなく書きつけながら、ツルハシを振《ふ》り上げたりスコップを使ったりしている三人の助手《じょしゅ》らしい人たちに夢中《むちゅう》でいろいろ指図《さしず》をしていました。

「そことそこの突起《とっき》を壊《こわ》さないように。スコップを使いなさい、スコップを。おっと、もう少し遠《とお》くから掘《ほ》って。いけない、いけない。なぜそんな乱暴《らんぼう》にするんだ。」

見ると、その白いやわらかな岩《いわ》のなかから、大きな大きな青白《あおじろ》い獣《けもの》の骨《ほね》が横《よこ》に倒《たお》れて潰《つぶ》れたというふうになって、半分以上《はんぶんいじょう》掘《ほ》り出されていました。そして、気《き》をつけて見ると、そこらには蹄《ひづめ》がふたつある足跡《あしあと》のついた四角《しかく》い岩《いわ》が十ばかりきれいに切り取《と》られ、番号《ばんごう》をつけて置《お》いてありました。

「君たちは参観《さんかん》かね。」その学者《がくしゃ》らしい人が、眼鏡《めがね》をキラッとさせて、こちらを見て話しかけました。

「クルミがたくさんあったろう。それはまあ、ざっと百二十万年《ひゃくにじゅうまんねん》くらい前のクルミだよ。ごく新《あたら》しいほうさ。ここは百二十万年《ひゃくにじゅうまんねん》前、第三紀《だいさんき》のあとのころまでは海岸《かいがん》でね、この下からは貝《かい》がらも出る。いま川の流《なが》れているところに、そっくり塩水《しおみず》が寄《よ》せたり引いたりもしていたんだ。この獣《けもの》？　これはボスといってね、おいおい、そこをツルハシでやるのはやめなさい。丁寧《ていねい》にノミでやるんだ。ボスといってね、いまの牛の祖先《そせん》で、昔《むかし》はたくさんいたんだよ。」

「標本《ひょうほん》にするんですか？」

「いや、証明《しょうめい》するのにいるんだ。僕《ぼく》らから見ると、ここは厚《あつ》い立派《りっぱ》な地層《ちそう》で、百《ひゃく》二《に》十万年《じゅうまんねん》くらい前にできたという証拠《しょうこ》がいろいろあがるけれど、僕《ぼく》らと違《ちが》った人から見ても、やっぱりこんな地層《ちそう》に見えるのかどうか。もしかしたら、風か水やガランとした空《そら》かに見えるんじゃないかって。わかるかい？　けれども、おいおい、そこもスコップではいけない。そのすぐ下に肋骨《ろっこつ》が埋《う》もれているはずじゃないか。」学者《がくしゃ》はあわてて走《はし》って行きました。

「もう時間《じかん》だよ。行こう。」カムパネルラが地図《ちず》と腕時計《うでどけい》を見比《みくら》べながら言いました。

「じゃあ、僕《ぼく》たちはこれで失礼《しつれい》します。」ジョバンニは学者《がくしゃ》にお辞儀《じぎ》しました。

「そうですか。じゃあ、さよなら。」学者《がくしゃ》は、また忙《いそが》しそうに、あちこち歩《ある》き回って監督《かんとく》をはじめました。

ふたりは汽車《きしゃ》に遅《おく》れないように、白い岩《いわ》の上を一生懸命《いっしょうけんめい》走《はし》りました。そして本当《ほんとう》に、風のように走《はし》ることができたのです。息《いき》も切れず膝《ひざ》も熱《あつ》くなりませんでした。こんなふうに走《はし》れるなら、もう世界中《せかいじゅう》だって走《はし》ることができるとジョバンニは思いました。

そして、ふたりは前のあの河原《かわら》を通り、改札口《かいさつぐち》の電灯《でんとう》がだんだん大きくなって、間《ま》もなくもとの車室《しゃしつ》の席《せき》に座《すわ》って、いま行ってきたほうを窓《まど》から見ていました。

# 八　鳥を捕《と》る人

「ここへ座《すわ》ってもよろしいでしょうか。」

ガサガサしているけれど、親切《しんせつ》そうな大人《おとな》の声《こえ》が、ふたりの後ろで聞こえました。

それは少しボロボロの茶色《ちゃいろ》いコートを着て、白い布《ぬの》で包《つつ》んだ荷物《にもつ》をふたつに分《わ》けて肩《かた》にかけた、背中《せなか》の曲《ま》がった赤ひげの人でした。

「はい。いいですよ。」ジョバンニは少し肩《かた》をすぼめてあいさつしました。

その人は、ひげのなかでかすかに笑《わら》いながら、荷物《にもつ》をゆっくりと網棚《あみだな》にのせました。ジョバンニは何かとてもさびしいような悲《かな》しいような気《き》がして、だまって正面《しょうめん》の時計《とけい》を見ていると、ずっと前のほうでガラスの笛《ふえ》のようなものが鳴《な》り出しました。汽車《きしゃ》はもう静《しず》かに動《うご》いていました。

カムパネルラは車室《しゃしつ》の天井《てんじょう》をあちこち見ていました。車室《しゃしつ》の明《あ》かりのひとつに黒いカブトムシがとまって、その影《かげ》が大きく天井《てんじょう》に映《うつ》っていたのです。

赤ひげの人は何か懐《なつ》かしそうに笑《わら》いながら、ジョバンニやカムパネルラの様子《ようす》を見ていました。汽車《きしゃ》はだんだん速《はや》くなって、ススキと川が替《か》わるがわる窓《まど》の外《そと》から光りました。

赤ひげの人が少しおずおずしながらふたりに尋《たず》ねました。

「あなたたちは、どちらへ行くんですか？」

「どこまでも行くんです。」ジョバンニは少しきまり悪《わる》そうに答《こた》えました。

「それはいいね。この汽車《きしゃ》は実際《じっさい》、どこまでも行きますぜ。」

「おじさんはどこへ行くんですか？」カムパネルラがいきなりケンカでもするみたいに尋《たず》ねたので、ジョバンニは思わず笑《わら》いました。すると、向こうの席《せき》にいる尖《とが》った帽子《ぼうし》をかぶって大きな鍵《かぎ》を腰《こし》にさげた人も、ちらっとこちらを見て笑《わら》いました。カムパネルラも、つられて顔《かお》を赤くして笑《わら》い出しました。

ところが、赤ひげのおじさんは怒《おこ》ったふうでもなく、ほほをピクピクさせながら返事《へんじ》をしました。

「わっしはすぐそこで降《お》ります。わっしは鳥を捕《つか》まえる商売《しょうばい》でね。」

「どんな鳥ですか？」

「ツルやガンです。サギも白鳥《はくちょう》もです。」

「ツルはたくさんいますか？」

「いますとも。さっきから鳴《な》いてますわ。聞かなかったのですか？」

「はい。」

「今でも聞こえるじゃありませんか。ほら、耳を澄《す》まして聞いてごらんなさい。」

ふたりは目を上げ、耳を澄《す》ましました。ごとごと鳴《な》る汽車《きしゃ》の響《ひび》きとススキの風との間から、コロンコロンと水の湧《わ》くような音《おと》が聞こえてくるのでした。

「どうやってツルをとるんですか？」

「ツルですか、それともサギですか？」

「サギです。」ジョバンニはどちらでもいいと思いながら答《こた》えました。

「そいつは雑作《ぞうさ》もない。サギという鳥は、みんな天の川の砂《すな》が寄《よ》り集《あつ》まって、ぼおっとできるもんですからね。そしてしょっちゅう川へ帰《かえ》りますからね。河原《かわら》で待《ま》っていて、サギがみんな足をこういうふうにして下りてくるところを、そいつが地べたに着くか着かないかってうちにぴたっと押《お》さえちまうんです。するともうサギは固《かた》まって、安心《あんしん》して死《し》んじまいます。あとはもう、わかりきってますわ。押《お》し花《ばな》にするだけです。」

「サギを押《お》し花《ばな》にするんですか？　標本《ひょうほん》ですか？」

「標本《ひょうほん》じゃありません。みんな食《た》べるじゃありませんか。」

「おかしいね。」カムパネルラが首《くび》をかしげました。

「おかしいも不審《ふしん》もありませんよ。ほら。」その男は立って、網棚《あみだな》から包《つつ》みを降《お》ろして、手早《てばや》くクルクルと解《と》きました。

「さあ、ごらんなさい。いま捕《つか》まえてきたばかりです。」

「本当《ほんとう》にサギだね。」ふたりは思わず叫《さけ》びました。真《ま》っ白《しろ》な、さっきの十字架《じゅうじか》のように光るサギの体が十ばかり黒い足を縮《ちぢ》め、少し平べったくなって、レリーフのように並《なら》んでいたのです。

「目をつぶっているね。」カムパネルラは指《ゆび》でそっと、白いサギの、つぶった三《み》日月形《かづきがた》の目にさわりました。頭《あたま》の上のヤリのような白い毛もちゃんとついていました。

「ね、そうでしょう。」鳥捕《とりと》りの男は風呂敷《ふろしき》を重《かさ》ねて、くるくると包《つつ》んでひもでくくりました。ジョバンニは、いったい誰《だれ》がここらでサギなんて食《た》べるんだろうと思いながら男の話を聞きました。

「サギは美味《おい》しいんですか?」

「ええ、毎日注文《まいにちちゅうもん》があります。しかし、ガンのほうがもっと売《う》れます。ガンのほうがずっと柄《がら》がいいし、第一《だいいち》、面倒《めんどう》がありませんから、そりゃ。」鳥捕《とりと》りの男は、また別の包《つつ》みを解《と》きました。すると、黄色《きいろ》と青白《あおじろ》い色がまだらになって何かの明《あ》かりのように光るガンが、さっきのサギのようにくちばしを揃《そろ》えて、少し平べったくなって並んでいました。

「こっちはすぐに食《た》べられます。どうです、少し。」鳥捕《とりと》りの男はガンの黄色《きいろ》い足を軽《かる》く引《ひ》っ張《ぱ》りました。するとそれは、チョコレートででもできているかのように、すっときれいに離《はな》れました。

「少し食《た》べてごらんなさい。」鳥捕《とりと》りの男は、それをふたつにちぎって渡《わた》しました。

ジョバンニは、(なんだ、やっぱりこれはお菓子《かし》だ、チョコレートよりも美味《おい》しい。だけど、こんなガンが飛《と》んでいるもんか。この男は、どこかそこらの野原《のはら》のお菓子屋《かしや》だ。けれど、僕《ぼく》はこの人をバカにしながら、この人がくれたお菓子《かし》を食《た》べている。なんだか嫌《いや》な気分《きぶん》だ。)と思いながら、ぽくぽくとそれを食《た》べつづけました。

「もう少しおあがりなさい。」鳥捕《とりと》りの男が、また包《つつ》みを出しました。

ジョバンニはもっと食《た》べたかったのですが、「いいえ、ありがとう。」と言って遠慮《えんりょ》すると、今度《こんど》は、男は向こうの席《せき》の鍵《かぎ》を持った人に差《さ》し出しました。

「いや、商売《しょうばい》モノをもらうなんて申《もう》し訳《わけ》ない。」その人は帽子《ぼうし》をとりました。

「いいえ。どういたしまして。どうです、今年《ことし》の渡《わた》り鳥《どり》の景気《けいき》は。」

「いや、素敵《すてき》なもんですよ。一昨日《おととい》の第二限《だいにげん》のころなんか、なぜ灯台《とうだい》の明《あ》かりを規則以外《きそくいがい》に点滅《てんめつ》させるんだって、あっちこっちから苦情《くじょう》の電話《でんわ》がきました。が、なあに、こっちがやるんじゃなくて、渡《わた》り鳥《どり》どもが真《ま》っ黒《くろ》に固まって灯台《とうだい》の明《あ》かりの前を通るのですから、仕方《しかた》ありませんや。私《わたし》は、べらぼうめ、そんな苦情《くじょう》は俺《おれ》のところに持ってきたって仕方《しかた》ねぇや、バサバサのマントを着て足と口が途方《とほう》もなく細《ほそ》い大将《たいしょう》のところへ言えって、こう言ってやりましたがね。はっは。」

ススキがなくなったために、向こうの野原《のはら》からぱっと明《あ》かりが射《さ》してきました。

「サギのほうはなぜ、めんどうなんですか。」カムパネルラはさっきから聞こうと思っていたのです。

鳥捕《とりと》りの男はこちらに向き直《なお》りました。

「それはね、サギを食《た》べるには天の川の水明《みずあ》かりに十日《とおか》もつるして置《お》くかね、そうでなければ砂《すな》に三、四日埋《う》めておかなきゃいけないんだ。そうすると、水銀《すいぎん》がみんな蒸発《じょうはつ》して食《た》べられるようになる。」

「こいつは鳥じゃない。ただのお菓子《かし》でしょう？」ジョバンニと同じようなことを考《かんが》えていたカムパネルラが、思い切ったというような感《かん》じで尋《たず》ねました。

鳥捕《とりと》りの男は大変《たいへん》に慌《あわ》てた様子《ようす》で、「そうそう、ここで降《お》りなきゃ。」と言いながら立って荷物《にもつ》を取《と》ったかと思うと、もう見えなくなっていました。

「どこへ行ったんだろう。」

ふたりが顔《かお》を見合《みあ》わせると、鍵《かぎ》を持った灯台守《とうだいもり》の男がニヤニヤ笑《わら》って、少し伸《の》

び上がるようにしながらふたりの横《よこ》の窓《まど》の外《そと》をのぞきました。ふたりがそちらを見ると、さっきまで居《い》た鳥捕《とりと》りの男が美《うつく》しいリン光《こう》を出す黄色《きいろ》と青白《あおじろ》い色のカワラハハコグサの上に立ち、真面目《まじめ》な顔《かお》をして、両手《りょうて》を広げてじっと空を見つめていたのです。

「あそこに居《い》る。ずいぶん変わった格好《かっこう》をしてるね。きっとまた鳥を捕《つか》まえるところだね。汽車《きしゃ》が走《はし》っていかないうちに、早く鳥が来るといいなぁ。」とジョバンニが言ったとたん、がらんとした桔梗色《ききょういろ》の空から、さっき見たようなサギがまるで雪《ゆき》でも降《ふ》るように、ぎゃあぎゃあ叫《さけ》びながら舞《ま》い降《お》りてきました。すると、鳥捕《とりと》りの男はすっかり注文《ちゅうもん》通りだというようにほくほくして、両足《りょうあし》をきっちり六十度《ろくじゅうど》に開いて立って、サギの縮《ちぢ》めた黒い足を両手《りょうて》で片《かた》っ端《ぱし》からつかんで布《ぬの》の袋《ふくろ》のなかに入れました。そして、サギはホタルのように袋《ふくろ》のなかでしばらくピカピカと青く光ったり消えたりしていましたが、最後《さいご》にはみんなぼんやり白くなって目をつぶるのでした。

ところが、捕《つか》まえられる鳥より、捕《つか》まえられないで無事《ぶじ》に天の川の砂《すな》の上に降《お》りる鳥のほうが多かったのです。鳥たちは足が砂《すな》へ着くやいなや、まるで雪《ゆき》の溶《と》けるように縮《ちぢ》まって平べったくなり、溶《と》けた銅《どう》が溶鉱炉《ようこうろ》から流《なが》れ出したように砂《すな》や砂利《じゃり》の上に広がって、しばらくは鳥の形が砂《すな》についていましたが、二、三度明《あか》るくなったり暗《くら》くなったりしているうちに、すっかりまわりと同じ色になってしまったのでした。

鳥捕《とりと》りの男は二十《にじゅう》羽《わ》ばかり袋《ふくろ》に入れてしまうと、急に両手《りょうて》を上げて、兵隊《へいたい》が鉄砲弾《てっぽうだま》に当たって死《し》ぬときのような格好《かっこう》をしました。と思うと、もうそこに男の姿《すがた》はなくなり、「ああ、せいせいした。ちょうど身《み》の丈《たけ》に合うくらい稼《かせ》いでいることほどいいことはありませんな。」という聞き覚《おぼ》えのある声《こえ》がジョバンニの隣《となり》から聞こえました。見ると、鳥捕《とりと》りの男は、そこでたったいま捕《と》ってきたサギをきちんとそろえて、一羽《いちわ》ずつ重《かさ》ね直《なお》しているのでした。

「どうして、あそこから一瞬《いっしゅん》でここに来たんですか?」ジョバンニが、なんだか当たり前のような、当たり前でないような、おかしな気《き》がして尋《たず》ねました。

「どうしてって、来《こ》ようとしたから来たんです。ところで、君たちはいったいどちらからおいでですか?」

ジョバンニはすぐに返事《へんじ》をしようと思いましたが、自分《じぶん》たちがどこから来たのか、どうしても考《かんが》えつきませんでした。カムパネルラも顔《かお》を真《ま》っ赤《か》にして、何かを思い出そうとしているのでした。

「ああ、遠《とお》くからですね。」鳥捕《とりと》りの男は、わかったというように雑作《ぞうさ》なくうなずきました。

# 九　ジョバンニの切符《きっぷ》

「もうここらは白鳥区《はくちょうく》のおしまいです。ごらんなさい。あれが名高《なだか》いアルビレオの観測所《かんそくじょ》です。」

窓《まど》の外《そと》の、まるで花火《はなび》でいっぱいのような天《あま》の川《がわ》の真《ま》ん中《なか》に黒い大きな建物《たてもの》が四棟《よんむね》ばかり建《た》っていて、そのひとつの平屋根《ひらやね》の上に、目も覚《さ》めるようなサファイヤとトパーズの透《す》き通《とお》った玉《たま》が輪《わ》になって静《しず》かにくるくるとまわっていました。トパーズの黄色《きいろ》の玉《たま》が段々《だんだん》と向こうにまわっていって、青い小さなサファイヤの玉《たま》がこちらへ進《すす》んで来て、間《ま》もなくふたつの玉《たま》の端《はし》が重《かさ》なり合って、きれいな緑《みどり》色《いろ》の両面凸《りょうめんとつ》レンズの形をつくり、それもだんだんと真《ま》ん中《なか》が膨《ふく》れあがって、とうとう青い玉《たま》がトパーズの正面《しょうめん》に来て、緑《みどり》の中心《ちゅうしん》と黄色《きいろ》い光の輪《わ》ができました。それがまただんだん横《よこ》へ逸《そ》れて両面凸《りょうめんとつ》レンズの形を繰《く》り返《かえ》し、次にはすっと離《はな》れて、サファイヤは向こうへ巡《めぐ》り、黄色《きいろ》の玉《たま》はこっちへまわってきて、さっきのような形に戻《もど》りました。黒い測候所《そっこうじょ》（気象観測所《きしょうかんそくじょ》）がまるで眠《ねむ》っているように、形もなく音《おと》もない銀河《ぎんが》の水に囲《かこ》まれて静《しず》かに横《よこ》たわっていたのです。

「あれは水の速《はや》さを測《はか》る機械《きかい》です。水も……。」鳥捕《とりと》りの男が言いかけると、いつの間《ま》にか三人の席《せき》の横《よこ》に赤い帽子《ぼうし》をかぶった背の高い車掌《しゃしょう》が真《ま》っ直《す》ぐに立っていました。

「切符《きっぷ》を拝見《はいけん》いたします。」

鳥捕《とりと》りの男はポケットからだまって小さな紙切《かみき》れを出しました。車掌《しゃしょう》はちょっと見てから、すぐに目をそらして、あなたは？　というように指《ゆび》を動《うご》かしながら、手をジョバンニたちのほうへ出しました。

「さあ。」ジョバンニが困《こま》ってもじもじとしていると、カムパネルラはわけもないという様子《ようす》で、小さなねずみ色の切符《きっぷ》を出しました。ジョバンニはすっかり慌《あわ》ててしまって、もしかしたら上着《うわぎ》のポケットに入っていたかも、と思いながらポケットに手を入れてみると、折《お》りたたまれた大きな紙切《かみき》れに手が触《ふ》れました。こんなものが入っていただろうかと思って急《いそ》いで出してみると、四つに折《お》ったハガキくらいの大きさをした緑色《みどりいろ》の紙《かみ》でした。

車掌《しゃしょう》が手を伸《の》ばしているので、ジョバンニはどうにでもなれと思って紙《かみ》を渡《わた》すと、車掌《しやしよう》は真《ま》っ直《す》ぐに立って丁寧《ていねい》に紙《かみ》を開いて見ていました。そして読《よ》みながら上着《うわぎ》のボタンや襟《えり》をしきりに直し、また、灯台守《とうだいもり》の男もそれを下から熱心《ねつしん》にのぞいていたので、ジョバンニは「確《たし》か、あれは証明書《しようめいしよ》か何かだったかな。」と考《かんが》えて、少し胸《むね》が熱《あつ》くなったような気《き》がしました。

「これは三次空間《さんじくうかん》からお持《も》ちになったのですか？」と、車掌《しやしよう》が尋《たず》ねました。

「僕《ぼく》にはなんだかわかりません。」もう大丈夫《だいじようぶ》だと安心《あんしん》しながら、ジョバンニは車掌《しやしよう》たちを見上《みあ》げてくすくすと笑《わら》いました。

「よろしゅうございます。南十字《サザンクロス》に着《つ》くのは次の三時ころになります。」車掌《しやしよう》は紙《かみ》をジョバンニに渡《わた》して向こうへ行きました。

カムパネルラは、その紙切《かみき》れがなんだったか、待ちかねたというように急《いそ》いでのぞき込みました。ジョバンニも、その紙切《かみき》れを早く見たかったのです。ところが、それは一面《いちめん》の黒い唐草《からくさ》のような模様《もよう》のなかに不思議《ふしぎ》な文字《もじ》を十ばかり印刷《いんさつ》したもので、黙《だま》って見ているとなんだかそのなかへ吸《す》い込まれてしまうような気《き》がするのでした。すると、鳥捕《とりと》りの男がチラッとそれを見て、慌《あわ》てたように言いました。

「おや、こいつはたいしたもんですぜ。こいつはもう本当《ほんとう》の天上《てんじょう》へさえ行ける切符《きっぷ》だ。天上《てんじょう》どころじゃない、どこでも勝手《かって》に歩《ある》ける通行券《つうこうけん》です。こいつをお持ちになりゃぁ、なるほど、こんな不完全《ふかんぜん》な幻想第四次《げんそうだいよじ》の銀河鉄道《ぎんがてつどう》なんか、どこまででも行けるはずでさぁ。あなた方《がた》はたいしたもんですね。」

「なんだかわかりません。」ジョバンニは赤くなって答《こた》えながら、それをまた畳《たた》んでポケットにしまいました。そして、決《き》まりが悪《わる》いので、カムパネルラとふたりで窓《まど》の外《そと》を眺《なが》めていましたが、男がときどき、たいしたもんだというようにチラチラとこちらを見ているのがぼんやりとわかりました。

「もうすぐワシの停車場《ていしゃじょう》だよ。」カムパネルラが向《む》こう岸《ぎし》の、三《みっ》つ並《なら》んだ青白《あおじろ》い小さな三角標《さんかくひょう》と地図《ちず》とを見比《みくら》べて言いました。

ジョバンニはなんだかわけもわからずに、急にとなりの鳥捕《とりと》りの男が気《き》の毒《どく》でたまらなくなりました。サギを捕《つか》まえてせいせいしたと喜《よろこ》んだり、白い布でそれをくるくる包《つつ》んだり、他人《ひと》の切符《きっぷ》をびっくりしたように横目《よこめ》で見て慌《あわ》ててほめ出したり、そんなことをいちいち考《かんが》えていると、見ず知《し》らずの鳥捕《とりと》りの男のために持っているものでも食《た》べるものでもなんでもあげてしまいたい、この男の本当《ほんとう》の幸《さいわ》いになるなら自分《じぶん》があの光る天の川の河原《かわら》に百年つづけて立って鳥を捕《と》ってやってもいい、というような気《き》がして、どうしても黙《だま》っていられなくなりました。そして、本当《ほんとう》にあなたの欲《ほ》しいものはなんですかと聞こうとして、それではあまりに出し抜《ぬ》けだからどうしようかと考《かんが》えて振《ふ》り返《かえ》ってみると、そこにはもう男はいませんでした。網棚《あみだな》の上には白い荷物《にもつ》もなかったのです。

また窓《まど》の外《そと》で足を踏《ふ》ん張《ば》って空を見上《みあ》げてサギを捕《と》る支度《したく》をしているのかと思って急いでそちらを見ましたが、外《そと》は一面《いちめん》の美《うつく》しい砂《すな》と白いススキの波《なみ》ばかりで、鳥捕《とりと》りの男の広い背中《せなか》もとがった帽子《ぼうし》も見えませんでした。

「あの人、どこへ行ったのかな。」カムパネルラがぼんやりと言いました。

「どこへ行ったんだろう。いったいどこでまた会うんだろう。僕《ぼく》はどうして、もう少しあの人にものを言わなかったんだろう。」

「うん。僕《ぼく》もそう思っているよ。」

「僕《ぼく》はあの人が邪魔《じゃま》なような気《き》がしたんだ。だから、僕《ぼく》はなんだかつらいよ。」

ジョバンニはこんな変《へん》な気持《きも》ちは初《はじ》めてだし、今までにこんなことを言ったこともなかったと思いました。

「なんだか、リンゴの匂《にお》いがする。僕《ぼく》が今、リンゴのことを考《かんが》えたからかな。」

カムパネルラが不思議《ふしぎ》そうにあたりを見回《みまわ》しました。

「本当《ほんとう》にリンゴの匂《にお》いだよ。それから、野《の》ばらの匂《にお》いもする。」ジョバンニもそこらを見ましたが、やはりそれは窓《まど》から入って来るようでした。今は秋《あき》だから野ばらの匂《にお》いがするはずがないとジョバンニは思いました。

すると、急に、六歳《さい》くらいのつやつやした黒い髪《かみ》の男の子が赤いジャケットのボタンもかけずに、とてもびっくりしたような顔《かお》をして、がたがたと震《ふる》えながら裸足《はだし》で立っていました。となりには黒い洋服《ようふく》をきちんと着《き》た背の高い青年《せいねん》が強い風に吹《ふ》かれているケヤキの木のような姿勢《しせい》で、男の子の手をしっかりひいて立っていました。

「あら、ここはどこでしょう。まあ、きれいだわ。」青年《せいねん》の後ろにも、目が茶色《ちゃいろ》くて可愛《かわい》らしい十二歳《さい》くらいの女の子が黒いコートを着て、青年《せいねん》の腕《うで》にすがって不思議《ふしぎ》そうに窓《まど》の外《そと》を見《み》ているのでした。

「ああ、ここはランカシャーだ。いや、コネティカット州《しゅう》だ。いや、ああ、僕《ぼく》たちは空に来たんだ。私《わたし》たちは天へ行くのです。ごらんなさい。あれは天上《てんじょう》の印《しるし》です。もう何も怖《こわ》いことはありません。私《わたし》たちは神様《かみさま》に召《め》されるのです。」黒服《くろふく》の青年《せいねん》は喜《よろこ》びに輝《かがや》くように、その女の子に言いました。けれども、青年《せいねん》はなぜかとても疲《つか》れているらしく、額《ひたい》に深《ふか》くしわを刻《きざ》んで、無理《むり》に笑《わら》いながら男の子をジョバンニのとなりに座《すわ》らせました。

それから、女の子にやさしくカムパネルラのとなりの席《せき》を指《ゆび》さしました。女の子は素直《すなお》にそこに座《すわ》って、きちんと両手《りょうて》を組み合わせました。

「僕《ぼく》、大姉《おおねえ》さんのところへ行くんだよ。」腰掛《こしか》けたばかりの男の子は顔《かお》を変《へん》にして、灯台守《とうだいもり》の向こうに座《すわ》ったばかりの青年《せいねん》に言いました。青年《せいねん》はなんとも言えない悲《かな》しい顔《かお》をして、じっとその子のちぢれて濡《ぬ》れた頭《あたま》を見ました。女の子は、いきなり両手《りょうて》を顔《かお》に当ててしくしく泣《な》いてしまいました。

「お父《とう》さんやキクヨ姉《ねえ》さんは、まだいろいろ仕事《しごと》があるのです。けれども、すぐ後《あと》から来ます。それよりも、お母《かあ》さんはどんなに長く待っていることでしょう。私《わたし》の大事《だいじ》なタダシは今、どんな歌《うた》をうたっているだろう、雪《ゆき》の降《ふ》る朝《あさ》にみんなと手をつないで、ぐるぐると庭《にわ》のところのやぶを回って遊《あそ》んでいるだろうか。お母《かあ》さんは本当《ほんとう》に心配《しんぱい》して待っているのですから、早く行って会いましょうね。」

「うん。だけど僕《ぼく》、船《ふね》に乗らなけりゃ良かったなぁ。」

「ええ。だけど、見てみなさい。どうです、あの立派《りっぱ》な川。ね、あそこはあの夏《なつ》の間《あいだ》、『きらきら星《ぼし》』を歌《うた》って休むとき、いつも窓《まど》からぼんやり見えていたでしょう。あそこですよ。ね、きれいでしょう。あんなに光ってる。」

泣《な》いていた姉《あね》もハンカチで目をふいて外《そと》を見ました。青年《せいねん》は教《おし》えるように、そっと姉弟《きょうだい》に言いました。

「私《わたし》たちはもう何も悲《かな》しむことはないのです。私《わたし》たちは、こんなにいいところを旅《たび》して、もうすぐ神様《かみさま》のところに行きます。そこは本当《ほんとう》に明るくて、匂《にお》いが良くて、立派《りっぱ》な人たちでいっぱいです。そして、私《わたし》たちの代《か》わりにボートに乗れた人たちは、きっとみんな助《たす》けられて、心配《しんぱい》して待っているそれぞれのお父《とう》さんやお母《かあ》さんや、自分《じぶん》の家《いえ》へ行くのです。さあ、もう直《す》ぐですから、元気《げんき》を出して面《おも》白《しろ》く歌《うた》って行きましょう。」青年《せいねん》は男の子の濡《ぬ》れたような黒い髪《かみ》をなでて、みんなを慰《なぐさ》めながら、自分《じぶん》もだんだんと顔《かお》色が輝《かがや》いてきました。

「あなたたちは、どちらからいらっしゃったのですか。どうされたのですか？」さっきの灯台守《とうだいもり》が、ようやく少しわかったような顔《かお》をして青年《せいねん》に尋《たず》ねました。青《せい》年《ねん》はかすかに笑《わら》いました。

「いえ、氷山《ひょうざん》にぶつかって船《ふね》が沈《しず》みまして。私《わたし》たちはこちらのお父《とう》さんが急《きゅう》な用《よう》で二カ月前に、一足先《ひとあしさき》に本国《ほんごく》へお帰《かえ》りになったので、後から発《た》ったのです。私《わたし》は大学《だいがく》へ入っていて、家庭教師《かていきょうし》として雇《やと》われていました。ところが、ちょうど十二日目、今日《きょう》か昨日《きのう》のあたりです。船《ふね》が氷山《ひょうざん》にぶつかって、いっぺんに傾《かたむ》いて沈《しず》みかけました。月の明《あ》かりはぼんやりとありましたが、霧《きり》が非常《ひじょう》に深《ふか》かったのです。ところが、ボートは左《さ》舷《げん》の半分《はんぶん》がダメになっていましたから、とてもみんなは乗り切らないのです。そのうちに船《ふね》は沈《しず》みますし、私《わたし》は必死《ひっし》になって、どうか小さな人たちを乗せてくださいと叫《さけ》びました。近《ちか》くの人たちは直《す》ぐに道を開いて、子供《こども》たちのために祈《いの》ってくれました。けれども、そこからボートまでのところにはまだまだ小さな子供《こども》たちや、親《おや》たちなんかが居《い》て、とても押《お》しのける勇気《ゆうき》がなかったのです。それでも、私《わたし》はどうしてもこのふたりを助《たす》けるのが義務《ぎむ》だと思いましたから、前に居《い》る子供《こども》たちを押《お》しのけようとしました。けれども、こんなふうにして助《たす》けるよりも、このまま神様《かみさま》の前にみんなで行くほうが、私《わたし》たちにとって本当《ほんとう》の幸福《こうふく》だとも思いました。それからまた、神に背《そむ》く罪《つみ》は私《わたし》ひとりで背《せ》負《お》って、なんとか助《たす》けてあげたいと思いました。ところが、どうしてもそれができなかったのです。子供《こども》たちだけをボートに乗せてやって、お母《かあ》さんが狂《くる》ったようにキスを送り、お父《とう》さんが悲《かな》しいのをじっと堪《こら》えて真《ま》っ直《す》ぐに立っている様子《ようす》を見ると、ハラワタが千切《ちぎ》れるようでした。そうしている間《あいだ》にも船《ふね》はずんずんと沈《しず》みますから、私《わたし》はすっかり覚悟《かくご》を決めて、この人たちふたりを抱《だ》いて、浮かべるだけ浮かぼうと寄《よ》り集まって、船《ふね》の沈《しず》むのを待っていました。誰《だれ》かが投げた浮《う》き輪《わ》がひとつ飛《と》んできましたが、滑《すべ》ってずっと向こうに行ってしまいました。私《わたし》は一生懸命《いっしょうけんめい》に甲板《かんぱん》の格子《こうし》になったところを取《と》り外《はず》して、三人でそれにしっかりとつかまりました。どこからともなく賛美歌《さんびか》を歌《うた》う声《こえ》がしました。たちまち、みんなはそれぞれの故郷《こきょう》の言葉《ことば》でそれを歌《うた》いだしました。そのとき突然《とつぜん》大きな音《おと》がして、私《わたし》たちは水のなかに落《お》ち、私《わたし》は渦《うず》に巻《ま》き込まれたと思いながらふたりをしっかりと抱《だ》いて、それからぼうっとしたと思ったら、もうここへ来ていたのです。このふたりの母は一昨年《おととし》に亡《な》くなりました。ボートならばきっと助《たす》かったに違《ちが》いありません。熟練《じゅくれん》の水夫《すいふ》たちが漕《こ》いで、素早《すばや》く船《ふね》から離《はな》れて行きましたから。」

そこらから小さな祈《いの》りの声《こえ》が聞こえて、ジョバンニもカムパネルラも今まで忘《わす》れていたいろいろなことをぼんやりと思い出して、目頭《めがしら》が熱《あつ》くなりました。

ああ、その大きな海は太平洋《たいへいよう》と言うのではなかったかな。その氷山《ひょうざん》の流《なが》れる北の果《は》ての海《うみ》で、小さな舟《ふね》に乗って、風や凍《こお》りつく潮水《しおみず》や激《はげ》しい寒《さむ》さと戦《たたか》って、誰《だれ》かが一生懸命《いっしょうけんめい》に働《はたら》いている。僕《ぼく》はその人が本当《ほんとう》に気《き》の毒《どく》で、そして申《もう》し訳《わけ》ないような気《き》がする。僕《ぼく》はその人の幸《さいわ》いのためにいったいどうしたらいいのだろう。

ジョバンニはそう思いながら、首《くび》を垂《た》れて、すっかり塞《ふさ》ぎ込んでしまいました。

「何が幸《しあわ》せなのかは、わからないものです。本当《ほんとう》に、どんなに辛《つら》いことでも、それが正しい道を進《すす》むなかでの出来《でき》ごとならば、峠《とうげ》の登《のぼ》り下《お》りも、すべて本当《ほんとう》の幸福《こうふく》に近《ちか》づくひと足ずつですから。」

灯台守《とうだいもり》が慰《なぐさ》めていました。

「そうですね。一番《いちばん》の幸《さいわ》いに至《いた》るための様々《さまざま》な悲《かな》しみも、みんな神の思《おぼ》し召《め》しです。」

青年《せいねん》が祈《いの》るように答《こた》えました。

あの姉弟《きょうだい》は疲《つか》れて、それぞれぐったりと席《せき》に寄りかかって眠《ねむ》ってしまいました。裸足《はだし》だったふたりの足には、いつしか白い柔《やわ》らかな靴《くつ》が履《は》かされていました。

ゴトゴトゴトゴト、汽車《きしゃ》はきらびやかなリン光《こう》の川の岸《きし》を進《すす》みました。向こうの窓《まど》を見ると、野原《のはら》はまるでスクリーンに映《うつ》った光のようでした。百も千もの大《だい》小様々《しょうさまざま》な三角標《さんかくひょう》、その大きなものの上には赤白半分《あかしろはんぶん》の測量旗《そくりょうき》も見え、野原《のはら》の果《は》てではそれらが一面《いちめん》にたくさん集まって、ぼうっと青白《あおじろ》い霧《きり》のようでした。そこから、あるいはもっと向こうからは、ときどき、様々《さまざま》な形のぼんやりした狼煙《のろし》のようなものが、きれいな桔梗色《ききょういろ》の空に替わるがわる打ち上げられるのでした。本当《ほんとう》に、その透《す》き通《とお》ったきれいな風はバラの匂《にお》いでいっぱいでした。

「いかがですか。こういうリンゴは初《はじ》めてでしょう。」向こうの席《せき》の灯台守《とうだいもり》が、黄金《おうごん》と紅《くれない》で美《うつく》しく彩《いろど》られた大きなリンゴを落《お》とさないように両手《りょうて》で膝《ひざ》の上に抱《かか》えていました。

「おや、どちらからいらっしゃったのですか。立派《りっぱ》なリンゴですね。ここらでは、こんなリンゴができるのですか?」青年《せいねん》は本当《ほんとう》にびっくりしたらしく、灯台《とうだい》守《もり》の両手《りょうて》に抱《かか》えられたひと盛《も》りのリンゴを、目を細《ほそ》くしたり首《くび》を曲《ま》げたりしながら、我《われ》を忘《わす》れて眺《なが》めていました。

「いや、まあ、お取《と》りください。どうか、まあ、お取《と》りください。」

青年《せいねん》はひとつ取《と》って、ジョバンニたちを見ました。

「向《む》こうの僕《ぼく》ちゃん。いかがですか。お取《と》りください。」

ジョバンニは僕《ぼく》ちゃんと言われたのが少し気《き》に入らなくて黙《だま》っていましたが、カムパネルラは「ありがとう。」と言いました。

灯台守《とうだいもり》はやっと両腕《りょううで》が空《あ》いたので、今度《こんど》は自分《じぶん》で、ひとつずつ眠《ねむ》っている姉弟《きょうだい》の膝《ひざ》にそっとリンゴを置《お》きました。

「どうも、ありがとう。どこでつくっているのですか、こんな立派《りっぱ》なリンゴを。」

青年《せいねん》はつくづく見ながら言いました。

「この辺《へん》では、もちろん農夫《のうふ》たちが世話《せわ》をしますけれど、大抵《たいてい》はひとりでに良いリンゴができるような約束《やくそく》になっています。農業《のうぎょう》だって、そんなに骨《ほね》は折《お》れません。自分《じぶん》の望《のぞ》む種子《たね》さえ蒔《ま》けば、ひとりでにどんどん育ちます。米だって太平洋岸《たいへいようがん》の米のような殻《から》がないし、十倍も大きく育って匂《にお》いも良いのです。けれども、あなた方《がた》の行かれる場所《ばしょ》には農業《のうぎょう》はもうありません。リンゴだって、お菓子《かし》だって、少しの破片《かけら》もありませんから、みんなその人その人によって違《ちが》った、わずかな良い香《かお》りになって毛穴《けあな》から抜《ぬ》け出てしまうのです。」

急《きゅう》に、男の子がパッチリ目を開《あ》けて言いました。

「ああ、僕《ぼく》は今、お母《かあ》さんの夢《ゆめ》を見ていたよ。お母《かあ》さんがね、立派《りっぱ》な戸棚《とだな》や本のあるところに居《い》て、僕《ぼく》のほうを見て、手を出してニコニコ笑《わら》ったんだよ。僕《ぼく》の

お母《かあ》さん。リンゴを拾《ひろ》ってきてあげようかって言ったら、目が覚《さ》めちゃった。ここは汽《き》車《しや》のなかだねぇ。」

「そのリンゴがそこにあります。このオジさんにいただいたのですよ。」青年《せいねん》が言いました。

「ありがとう、オジさん。あれ、カオルお姉《ねえ》さん、まだ寝《ね》てるね。僕《ぼく》が起《お》こしてやろう。姉《ねえ》さん、見てよ、リンゴをもらったよ。起《お》きてよぉ。」

姉《あね》は笑《わら》って目を覚《さ》まし、まぶしそうに両手《りようて》を目に当てて、それからリンゴを見ました。男の子はまるでパイでも食《た》べるように、リンゴを食《た》べてしまいました。剝《む》かれたリンゴのきれいな皮《かわ》はくるくるとコルク抜《ぬ》きのような形になって、床《ゆか》に落《お》ちるまでの間《あいだ》にすうっと灰色《はいいろ》に光って蒸発《じようはつ》してしまうのでした。

ジョバンニとカムパネルラはリンゴを大切《たいせつ》にポケットにしまいました。

川下《かわしも》の向こう岸に青く茂《しげ》った大きな森《もり》が見え、その枝《えだ》には熟《じゆく》して真《ま》っ赤《か》に光る丸い実がいっぱいに実《みの》り、森《もり》の真《ま》ん中《なか》にはとても高い三角標《さんかくひょう》が立っていて、森《もり》の奥《おく》からはグロッケンやシロフォンに混《ま》じってなんとも言えない美《うつく》しい音《おと》が、溶《と》けるように染《し》み入《い》るように風に乗《の》って流《なが》れてくるのでした。

青年《せいねん》はぞくっとして、身震《みぶる》いしました。

黙《だま》ってその音色《ねいろ》を聴《き》いていると、黄色《きいろ》や薄《うす》い緑《みどり》の明るい野原《のはら》か敷物《しきもの》が一面《いちめん》に広がり、また、真《ま》っ白なロウみたいな露《つゆ》が太陽《たいよう》の表面《ひょうめん》をかすめて行くような感《かん》じがしました。

「まあ、あのカラス！」カムパネルラの隣《となり》のカオルと呼ばれている女の子が叫《さけ》びました。

「カラスじゃない。みんなカササギだよ。」カムパネルラが何気《なにげ》なく、叱《しか》るように叫《さけ》んだので、ジョバンニは思わず笑《わら》って、女の子は気《き》まずそうにしました。

河原《かわら》の青白《あおじろ》い明《あ》かりの上に、黒い鳥がたくさん、いっぱいの列《れつ》になって止まって、じっと川の微光《びこう》を受けているのでした。

「カササギですね。頭《あたま》のうしろのところに毛がピンと伸《の》びてますから。」青年《せいねん》は取《と》りなすように言いました。

向こうの青い森《もり》の奥《おく》の三角標《さんかくひょう》は、すっかり汽車《きしゃ》の正面《しょうめん》に来ました。そのとき、汽車《きしゃ》のずっとうしろのほうから、あの聞き慣《な》れた賛美歌《さんびか》のメロディが聞こえてきました。よほどの人数《にんずう》で合唱《がっしょう》しているらしいのでした。青年《せいねん》はさっと顔《かお》が青ざめ、立ってそちらに行きそうになりましたが、思い返《かえ》して、また座《すわ》りました。カオルはハンカチを顔《かお》に当ててしまいました。ジョバンニまで、なんだか鼻《はな》の奥《おく》に変《へん》な感《かん》じがしました。けれども、いつともなく、誰《だれ》ともなく、その賛美歌《さんびか》は歌《うた》い出されれ、だんだんとはっきり強《つよ》くなりました。思わずジョバンニとカムパネルラも一《いっ》緒《しょ》に歌《うた》い出しました。

そして、カンランの森《もり》はさめざめと光りながら、見えない天の川の向こうに段々《だんだん》と行ってしまい、そこから流《なが》れてくる怪《あや》しい楽器《がっき》の音《おと》も汽車《きしゃ》の響《ひび》きや風の音《おと》にすり減《へ》らされて、かすかに聞こえるだけになりました。

「あ、クジャクが居《い》るよ。」

「ええ。たくさん居《い》るわね。」女の子が答《こた》えました。

ジョバンニは、今は遠《とお》のいて小さくなり、ひとつの緑色《みどりいろ》の貝《かい》のボタンのように見える森《もり》の上に、クジャクが広げたり閉じたりする羽に反射《はんしゃ》する青白《あおじろ》い光を見ました。

「クジャクの声《こえ》がさっき聞こえたよ。」カムパネルラがカオルに言いました。

「ええ、三十羽《さんじっぱ》くらいは確《たし》かに居《い》たわ。ハープのように聞こえたのはみんなクジャクよ。」女の子が答《こた》えました。ジョバンニは急になんとも言えない悲《かな》しい気《き》持《も》ちがして、思わず怖《こわ》い顔《かお》をして、「カムパネルラ、ここから降《お》りて遊《あそ》んでいこうよ。」と、言いそうになりました。

川はふたつに分かれました。中洲《なかす》の真《ま》っ暗《くら》な島の真《ま》ん中《なか》にとても高いやぐらがひとつ組まれて、その上にゆったりとした服《ふく》を着て赤い帽子《ぼうし》を被《かぶ》った男が立っていました。そして、両手《りょうて》に赤と青の旗《はた》を持《も》って、空を見上《みあ》げて旗信号《はたしんごう》をしているのでした。

ジョバンニが見ている間《あいだ》、その人はしきりに赤い旗《はた》を振《ふ》っていましたが、急に赤い旗《はた》を降《お》ろし、後《うし》ろに隠《かく》すようにして、青い旗《はた》をとても高くあげて、まるでオーケストラの指揮者《しきしゃ》のように激《はげ》しく振《ふ》りました。すると、空中《くうちゅう》にザアッと雨のような音《おと》がして、何か真《ま》っ黒《くろ》な塊《かたまり》がいくつも、鉄砲玉《てっぽうだま》のように川の向こうへ飛《と》んで行くのでした。ジョバンニは思わず窓《まど》から体を半分《はんぶん》出して、そちらを見上《みあ》げました。とても美《うつく》しい桔梗色《ききょういろ》のがらんとした空の下を、実《じつ》に何万《なんまん》という小さな鳥たちがいくつもの群《む》れになって、めいめいにせわしなく鳴《な》きながら通《とお》って行くのでした。

「鳥が飛《と》んで行くね。」ジョバンニが窓《まど》の外《そと》で言いました。

「へえ。」カムパネルラも空を見ました。そのとき、やぐらの上の赤い帽子《ぼうし》の男が突然《とつぜん》、赤い旗《はた》を上げて狂《くる》ったように振《ふ》り動《うご》かしました。すると、ピタッと鳥の群《む》れは通《とお》らなくなり、それと同時《どうじ》にピシャンと潰《つぶ》れたような音《おと》が川下《かわしも》のほうで起こって、それからしばらくシーンとしました。そう思うと、赤い帽子《ぼうし》の信号手《しんごうしゅ》が、また青い旗《はた》を振《ふ》って叫《さけ》んでいたのです。

「今こそ渡《わた》れ、渡《わた》り鳥《どり》。今こそ渡《わた》れ、渡《わた》り鳥《どり》。」その声《こえ》もはっきり聞こえました。それと一緒《いっしょ》に、また何万《なんまん》という鳥の群《む》れが空を真《ま》っ直《す》ぐに翔《か》けたのです。ジョバンニとカムパネルラが顔《かお》を出している真《ま》ん中《なか》の窓《まど》から、あの女の子が顔《かお》を出して、美《うつく》しい頬《ほお》を輝《かがや》かせながら空を仰《あお》ぎ見ました。

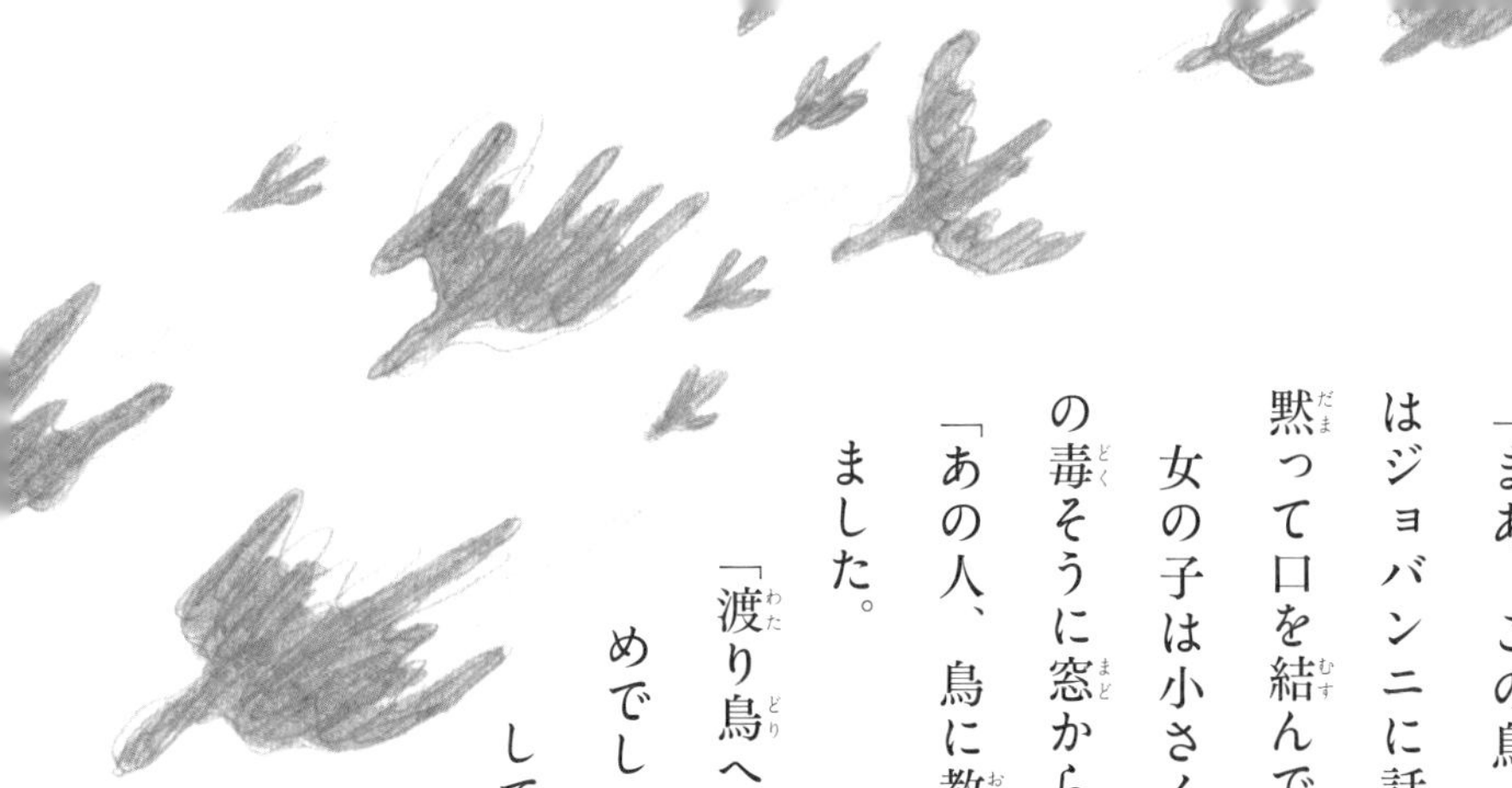

「まあ、この鳥、たくさんですわねぇ。なんてきれいなんでしょう。」女の子はジョバンニに話しかけましたが、ジョバンニは生意気《なまいき》で嫌《いや》だなと思いながら、黙《だま》って口を結《むす》んで空を見上《みあ》げていました。

女の子は小さくほっと息《いき》をして、黙《だま》って席《せき》に戻《もど》りました。カムパネルラは気《き》の毒《どく》そうに窓《まど》から顔《かお》を引っ込めて地図《ちず》を見ていました。

「あの人、鳥に教《おし》えているんでしょうか。」女の子がそっとカムパネルラに尋《たず》ねました。

「渡《わた》り鳥《どり》へ信号《しんごう》を出しているんです。きっと、どこかから狼煙《のろし》を上げるためでしょう。」カムパネルラが少しおぼつかない様子《ようす》で答《こた》えました。そして、車内《しゃない》はシーンとなりました。ジョバンニはもう頭《あたま》を引っ込めたかったけれど、明るいところに顔《かお》を出すのが辛《つら》かったので、黙《だま》ってこらえて、そのまま立って口笛《くちぶえ》を吹《ふ》いていました。

「どうして僕《ぼく》はこんなに悲《かな》しいのだろう。僕《ぼく》はもっと心持《こころも》ちをきれいに大きく保《たも》たなきゃいけない。あの岸《きし》のずっと向こうに、まるで煙《けむり》のような小さな青い火が見える。あれは本当《ほんとう》に静《しず》かで冷たい。僕《ぼく》はあれをよく見て、心を鎮《しず》めるんだ。」そう思いながら、ジョバンニは頭《あたま》を両手《りょうて》で押《お》さえるようにして岸《きし》の向こうを見ました。そして、「どこまでも僕《ぼく》と一緒《いっしょ》に行く人はいないだろうか。カムパネルラだって、あの女の子と楽《たの》しそうに話をしているし。僕《ぼく》は本当《ほんとう》に辛《つら》いなぁ。」と思いました。ジョバンニの目は涙《なみだ》でいっぱいになり、天の川もまるで遠《とお》くへ行ったようにぼんやり白く見えるだけでした。

そのとき汽車《きしゃ》は段々《だんだん》と川から離《はな》れて、崖《がけ》の上を通っていました。向こう岸《ぎし》もまた、黒い色の崖《がけ》が川の岸《きし》を下流《かりゅう》に向かうにしたがって段々《だんだん》と高くなっていくのでした。そして、ちらっと大きなトウモロコシが見えました。その葉《は》はぐるぐるに縮《ちぢ》れていて、葉《は》の下には美《うつく》しい緑色《みどりいろ》の苞《ほう》が赤い毛を吐《は》いて、真珠《しんじゅ》のような実《み》もちらっと見えたのでした。その数《かず》は段々《だんだん》と増えてきて、列《れつ》のように崖《がけ》と線路《せんろ》の間に並《なら》び、ジョバンニは思わず窓《まど》から顔《かお》を引っ込めて向こう側《がわ》の窓《まど》を見ました。すると、美《うつく》しい空の野原《のはら》の地平線《ちへいせん》の果《は》てまで、その大きなトウモロコシが一面《いちめん》に植《う》えられて、さやさや風に揺《ゆ》らぎ、立派《りっぱ》な縮《ちぢ》れた葉《は》の先からはまるで昼《ひる》の間《あいだ》に日光《にっこう》をいっぱい吸った金剛石《こんごうせき》のような露《つゆ》がたくさんついて、赤や緑《みどり》にキラキラと燃《も》えて光っているのでした。

カムパネルラが「あれはトウモロコシだね。」とジョバンニに言いましたが、ジョバンニはどうしても気持《きも》ちが直《なお》らず、ぶっきらぼうに野原《のはら》を見たまま、「だよね。」と答《こた》えました。そのとき、汽車《きしゃ》は段々《だんだん》静《しず》かになって、いくつかの信号《しんごう》と転《てん》てつ機《き》の明《あ》かりを過《す》ぎ、小さな停車場《ていしゃじょう》に停《と》まりました。

停車場《ていしゃじょう》の正面《しょうめん》の青白《あおじろ》い時計《とけい》はかっきり二時を示《しめ》し、あたりは風もなくなり、汽《き》車《しゃ》も動《うご》かず、静《しず》かな野原《のはら》のなかで振《ふ》り子《こ》がカチッカチッと正しく時《とき》を刻《きざ》んでいるのでした。

そして、その振《ふ》り子《こ》の音《おと》の絶《た》え間《ま》を縫《ぬ》って、遠《とお》くの野原《のはら》の果《は》てから、本当《ほんとう》にかすかな旋律《せんりつ》が糸のように流《なが》れて来るのでした。「新世界交響楽《しんせかいこうきょうがく》だわ。」女の子が独《ひと》り言《ごと》のように、ジョバンニのほうを見ながらそっと言いました。車内《しゃない》では黒服《くろふく》の背の高い青年《せいねん》も誰《だれ》も、みんな優《やさ》しい夢《ゆめ》を見ているのでした。

（こんな静《しず》かないいところで、僕《ぼく》はどうしてもっと愉快《ゆかい》になれないんだろう。どうしてこんなに、ひとり寂《さび》しいんだろう。けれども、カムパネルラなんて本当《ほんとう》にひどいよ。僕《ぼく》と一緒《いっしょ》に汽車《きしゃ》に乗りながら、あの女の子とばっかり話をしてるんだもの。僕《ぼく》は本当《ほんとう》に辛《つら》い。）そう思いながら、ジョバンニは両手《りょうて》で顔《かお》を半分隠《はんぶんかく》すようにして向こうの窓《まど》の外《そと》を見つめていました。透《す》き通《とお》ったガラスのような汽笛《きてき》が鳴《な》って、汽車《きしゃ》は静《しず》かに動《うご》き出し、カムパネルラも寂《さび》しそうに星《ほし》めぐりの口笛《くちぶえ》を吹《ふ》きました。

「ええ、ええ。このあたりはもう、ひどい高原《こうげん》ですから。」車両《しゃりょう》の後ろのほうで、誰《だれ》か年寄《としよ》りらしい人の、今《いま》目が覚《さ》めたというようなはきはきとした話し声《ごえ》がしました。

「トウモロコシだって、棒《ぼう》で六十《ろくじゅう》センチも穴《あな》を掘《ほ》っておいて、そこに種《たね》を蒔《ま》かないと生《は》えないんです。」

「そうですか。川までは余程《よほど》あるんでしょうね。」

「ええ。川までは、六百《ろっぴゃく》メートルから千八百《せんはっぴゃく》メートルくらいはあります。もう、まるで峡谷《きょうこく》になってるんです。」

ここはコロラド高原《こうげん》じゃなかっただろうかとジョバンニは思いました。カムパネルラはまだ寂《さび》しそうにひとり口笛《くちぶえ》を吹《ふ》き、女の子はまるで絹《きぬ》で包《つつ》んだリンゴのような顔色《かお》をして、ジョバンニが見る先を眺《なが》めているのでした。

突然《とつぜん》、トウモロコシがなくなって、大きな黒い野原《のはら》がいっぱいに開《ひら》けました。

新世界交響楽《しんせかいこうきょうがく》はいよいよはっきり地平線《ちへいせん》の果《は》てから湧《わ》き、真《ま》っ暗《くら》な野原《のはら》のなかをひとりのインディアン（アメリカ先住民《せんじゅうみん》）が白い鳥の羽《はね》を頭《あたま》に着け、たくさんの石を腕《うで》と胸《むね》に飾《かざ》り、小さな弓《ゆみ》に矢《や》をたずさえて一目散《いちもくさん》に汽車《きしゃ》を追《お》って来るのでした。

「あら、インディアンですよ、インディアン。ごらんなさい。」

黒服《くろふく》の青年《せいねん》も目を覚《さ》ましました。ジョバンニもカムパネルラも立ち上がりました。

「走《はし》って来るわ、あら、走《はし》って来るわ。追《お》いかけて来るんでしょう。」

「いいえ、汽車《きしゃ》を追《お》ってるんじゃないんですよ。猟《りょう》をするか踊《おど》るかしているんですよ。」青年《せいねん》は今どこに居《い》るのかを忘《わす》れたというふうにポケットに手を入れて、立ちながら言いました。

まったく、インディアンは半分踊《はんぶんおど》っているようでした。第一《だいいち》、駆《か》けるにしても、

足の踏《ふ》み出し方《かた》がもっと合理的《ごうりてき》に、本気《ほんき》にもなれそうでした。急に頭《あたま》の白い羽《はね》がはっきりと前へ倒《たお》れるようになり、インディアンはピタッと立ち止まって素早《すばや》く空に弓《ゆみ》を引きました。そこから一羽《いちわ》のツルがふらふらと落《お》ちてきて、再《ふたた》び走《はし》り出したインディアンの大きく広げた両手《りょうて》に落《お》ち込《こ》みました。インディアンは嬉《うれ》しそうに立って笑《わら》いました。そして、そのツルを持ってこちらを見ている影《かげ》もどんどん小さくなり、電信柱《でんしんばしら》の碍子《がいし》（絶縁物《ぜつえんぶつ》）がキラキラとつづいてふたつばかり光って、

またトウモロコシの畑《はたけ》が広がりました。こちら側《がわ》の窓《まど》を見ると、汽車《きしゃ》は本当《ほんとう》に高い崖《がけ》の上を走《はし》っていて、その谷の底《そこ》には川が幅《はば》広く明るく流《なが》れていたのです。

「ええ。もうこの辺《あた》りから下《くだ》りです。何せ、今度《こんど》はいっぺんにあの水面《すいめん》まで降《お》りて行くんですから、簡単《かんたん》じゃありません。この傾斜《けいしゃ》があるもんですから、汽車《きしゃ》は決して向こうからこっちへは来ないんです。ほら、段々《だんだん》速くなってきたでしょう。」さっきの老人《ろうじん》らしい声《こえ》が言いました。

どんどんと汽車《きしゃ》は降《お》りて行きました。崖《がけ》のはじを汽車《きしゃ》が通るときには、明るい川をのぞくことができました。ジョバンニはだんだん心持《こころも》ちが明るくなってきました。汽車《きしゃ》が小さな小屋《こや》の前を通《とお》り、その前にひとりの子どもがしょんぼりと立っているところを見たときなどは、思わず「ほう！」と叫《さけ》びました。

どんどん汽車《きしゃ》は走《はし》って行きました。車内《しゃない》の人たちは体が半分《はんぶん》うしろのほうへ倒《たお》れるようになりながら、腰掛《こしか》けにしっかりしがみついていました。ジョバンニは思わずカムパネルラと笑《わら》いました。そして、天の川は汽車《きしゃ》のすぐ横手《よこて》を今まで余《よ》程《ほど》激《はげ》しく流《なが》れてきたという様子《ようす》で、ときどきチラチラと光って流《なが》れているのでした。薄《うす》赤いナデシコの花が河原《かわら》のあちこちに咲《さ》いていました。汽車《きしゃ》はようやく落《お》ち着いたようにゆっくりと走《はし》っていました。

向こうとこっちの岸《きし》に星《ほし》の形《かたち》とつるはしを描《えが》いた旗《はた》が立っていました。

「あれはなんの旗《はた》だろうね。」ジョバンニがやっとものを言いました。

「さあ、わからないね。地図《ちず》にもないんだもん。鉄《てつ》の舟《ふね》が置《お》いてあるね。」

「うん。」

「橋《はし》を架《か》けるところじゃないでしょうか。」女の子が言いました。

「ああ、あれは陸軍《りくぐん》の工兵《こうへい》の旗《はた》だね。架橋演習《かきょうえんしゅう》をしてるんだ。けれど、兵隊《へいたい》の姿《すがた》が見えないね。」

そのとき、向こう岸近《ぎしちか》くの少し下流《かりゅう》で見えない天の川の水がギラッと光って柱《はしら》のように高く跳《は》ね上がり、ドーッと激《はげ》しい音《おと》がしました。

「ダイナマイトだよ、ダイナマイト。」カムパネルラは小躍《こおど》りしました。

その柱《はしら》のようになった水は見えなくなり、大きなサケやマスがキラキラと白い腹《はら》を光らせて空中《くうちゅう》に放《ほう》り出され、丸い輪《わ》を描《えが》いて、また水に落《お》ちました。ジョバンニは跳《は》ね上がりたいくらい気持《きも》ちが軽《かる》くなって言いました。

「空の工兵大隊《こうへいだいたい》だよ。ほら、マスやなんかがまるでこんなになって跳《は》ね上げられてる。僕《ぼく》、こんな楽《たの》しい旅《たび》はしたことないよ。いいねぇ。」

「あのマスなら、近《ちか》くで見たらこれくらいあるね。たくさん魚《さかな》がいるんだなぁ、この水のなかに。」

「小さなお魚《さかな》もいるんでしょうか。」女の子が話につられて言いました。

「いるはずだよ。大きなのがいるんだから、小さいのもいるさ。けれど遠《とお》くだから、今は小さいのが見えなかったね。」ジョバンニはすっかり機嫌《きげん》が直って、楽《たの》しそうに笑《わら》って女の子に答《こた》えました。

「あれはきっと双子《ふたご》のお星様《ほしさま》のお宮《みや》だよ。」男の子がいきなり窓《まど》の外《そと》を指《さ》して叫《さけ》びました。

右手《みぎて》の低《ひく》い丘《おか》の上に小さな水晶《すいしょう》でつくったような、ふたつのお宮《みや》が並んで建《た》っていました。

「双子《ふたご》のお星様《ほしさま》のお宮《みや》ってなに？」

「私《わたし》、前に何度《なんど》もお母《かあ》さんから聞いたわ。ちゃんと小さな水晶《すいしょう》のお宮《みや》がふたつ並んでいるから、きっとそうだわ。」

「聞かせてよ。双子《ふたご》のお星様《ほしさま》が何をしたの？」

「僕《ぼく》も知《し》ってるって。双子《ふたご》のお星様《ほしさま》が野原《のはら》へ遊《あそ》びに行って、カラスと喧嘩《けんか》したんだろ。」

「そうじゃないわよ。あのね、天の川の岸《きし》にね、お母《かあ》さんが話してくれたんだけど……」

「それからほうき星がギイギイフウフウって言ってきたんだね。」

「いやだわ、ターちゃん、そうじゃないわよ。それは別《べつ》の話だわ。」

「じゃあ、あそこで今、笛《ふえ》を吹《ふ》いているんだろうか。」

「今、海《うみ》へ行ってるんだよ。」

「行けないわよ。もう海《うみ》から上がって来たのよ。」

「そうそう。僕《ぼく》知《し》ってるよ。僕《ぼく》が話してあげるよ。」


川の向こう岸が急に赤くなりました。ヤナギの木や何もかもが真《ま》っ黒《くろ》に透《す》かし出され、見えない天の川もときどきチラチラと針《はり》のように光りました。向こう岸《ぎし》の野原《のはら》に大きな真《ま》っ赤《か》な火が燃《も》やされ、その黒い煙《けむり》が高く昇《のぼ》って、冷《つめ》たそうな桔《き》梗《きょう》色《いろ》の空を焦《こ》がしそうでした。ルビーよりも赤く透《す》き通《とお》り、リチウムよりも美《うつく》

しく酔《よ》ったようになって、その火は燃《も》えているのでした。

「あれはなんの火だろう？　あんなに赤く光る火は何を燃《も》やせばできるんだろう。」ジョバンニが言いました。

「サソリの火だな。」カムパネルラが地図《ちず》をよく見ながら答《こた》えました。

「あら、サソリの火のことなら私《わたし》知《し》ってるわ。」

「サソリの火ってなんだい？」ジョバンニが聞きました。

「サソリが焼《や》けて死《し》んだのよ。その火が今でも燃《も》えてるって、私《わたし》何度《なんど》もお父《とう》さんから聞いたもの。」

「サソリって虫《むし》だろ。」

「うん。サソリは虫《むし》よ。だけど、いい虫《むし》だわ。」

「サソリはいい虫《むし》じゃないよ。僕《ぼく》、博物館《はくぶつかん》でアルコール漬《づ》けになってるのを見たんだ。尾《お》にこんな針《はり》があって、それに刺《さ》されると死《し》ぬって先生《せんせい》が言ってたよ。」

「そうよ。だけど、いい虫《むし》だわ。お父《とう》さんがこう言ったのよ。昔《むかし》のバルドラの野《の》原《はら》に一匹《いっぴき》のサソリがいて、小さな虫《むし》やなんかを殺《ころ》して食《た》べて生きていたんですって。するとある日、イタチに見つかって食《た》べられそうになったんですって。サソリは一生懸命逃《いっしょうけんめいに》げたけど、とうとうイタチに捕《つか》まえられそうになったわ。そのとき、いきなり目の前に井戸《いど》が現《あらわ》れて、そのなかに落《お》ちてしまったの。もうどうしても上がれないで、サソリは溺《おぼ》れはじめたのよ。そのとき、サソリはこう言ってお祈《いの》りしたというの。

ああ、私《わたし》たちは今まで、いくつの命を奪《うば》ったかわからない。そして、その私《わたし》が今度《こんど》はイタチに捕《つか》まろうとして、一生懸命逃《いっしょうけんめいに》げてきた。それで、とうとうこんなことになってしまった。ああ、なんの当てにもならない。どうして私《わたし》は、私《わたし》の体を黙《だま》ってイタチにくれてやらなかったんだろう。そしたら、イタチも一日生き延《の》びただろうに。どうか神様《かみさま》、私《わたし》をごらんください。こんなに虚《むな》しく命を捨《す》てず、どうかこの次《つぎ》は真《まこと》のみんなの幸《さいわ》いのために、私《わたし》の体をお使いください。

そしたら、いつかサソリは自分《じぶん》の体が真《ま》っ赤《か》な美《うつく》しい火になって、燃《も》えて夜《よる》の闇《やみ》を照《て》らしているのを見たって。いまでも燃《も》えてるって、お父《とう》さんは言っていたわ。本当《ほんとう》に、あの火はそれだわ。」

「そうだ。見てみなよ。そこらの三角標《さんかくひょう》はちょうどサソリの形に並んでいるよ。」

ジョバンニは、その大きな火の向こうに三つの三角標《さんかくひょう》がちょうどサソリの腕《うで》のように並び、こちらには五つの三角標《さんかくひょう》がサソリの尾《お》や針《はり》のように並んでいるのを見ました。そして、本当《ほんとう》にその真《ま》っ赤《か》な美《うつく》しいサソリの火が、音《おと》もなく明るく明るく燃《も》えていたのです。

その火が段々《だんだん》と後ろのほうに去《さ》って行くにつれて、みんなはなんとも言えずに、

様々《さまざま》の賑《にぎ》やかな楽器《がっき》の音《おと》や草花《くさばな》の匂《にお》いのようなものや、口笛《くちぶえ》や人々のざわざわいう声《こえ》やらを聞きました。それは、すぐ近《ちか》くに町か何かがあって、そこでお祭《まつ》りでもやっているような気《き》にさせるのでした。

「ケンタウロス、露降《つゆふ》らせ。」今まで眠《ねむ》っていたジョバンニのとなりの男の子が、いきなり向こうの窓《まど》を見ながら叫《さけ》びました。

窓《まど》の外《そと》にはクリスマスツリーのように真《ま》っ青《さお》な唐檜《とうひ》かモミの木が立って、たくさんの豆電灯《まめでんとう》がまるで蛍《ほたる》が千匹《せんびき》も集《つど》ったように点《つ》いていました。

「ああ、そうだ。今夜《こんや》はケンタウロス祭《まつ》りだね。」

「うん。ここはケンタウロスの村《むら》だよ。」カムパネルラがすぐ言いました。

ゆるやかな下《くだ》り勾配《こうばい》の並木道《なみきみち》を汽車《きしゃ》は進《すす》んで行きました。ツリーの豆電灯《まめでんとう》がゆっくりと近づいてきて、流れ星のように窓際《まどぎわ》を滑《すべ》って、またゆっくりと遠ざかって行きました。

「見て、人魚《にんぎょ》だよ。」男の子が大声で叫《さけ》びました。

並木《なみき》の向こうには、大小様々《だいしょうさまざま》な明《あ》かりがひと塊《かたまり》になって、あちらこちらに光を反射《はんしゃ》するダイヤモンドのように、きらきらと明滅《めいめつ》して見えました。天の川の見えない水は、このあたりだけ星のミルクでもこぼしたように白く濁《にご》って、川べりでは人魚《にんぎょ》たちが青い花火《はなび》を燃《も》やしていました。

男の子は得意気《とくいげ》な顔《かお》をして、たどたどしく星《ほし》めぐりの口笛《くちぶえ》を吹《ふ》き始《はじ》めました。

「口笛《くちぶえ》は下に向かって吹《ふ》くんだよ。」カムパネルラはそう言うと、一緒《いっしょ》になって同じメロディを吹《ふ》きました。ジョバンニはふたりの口笛《くちぶえ》を聞いていると、なんだか心の奥《おく》をぎゅうっと摑《つか》まれたような気分《きぶん》になりました。

「素敵《すてき》なお祭《まつ》りの屋台《やたい》だわ。」女の子が言いました。

いつの間《ま》にか窓《まど》の外《そと》には、天の川に流《なが》す大きな赤い灯籠《とうろう》を並《なら》べた店や、割《わ》り箸《ばし》に刺《さ》した甘《あま》い匂《にお》いの雲《くも》を売る店など、たくさんの屋台《やたい》が立ち並《なら》んでいました。

「的当《まとあ》てだったら、僕《ぼく》が全部落としてやるのに。」ジョバンニが言いました。

「ボール投《な》げなら僕《ぼく》、絶対《ぜったい》に外《はず》さないよ。」男の子が大威張《おおいば》りで言いました。

「もうすぐ南十字《サザンクロス》です。降《お》りる支度《したく》をしてください。」青年《せいねん》がみんなに言いました。

「僕《ぼく》、もう少し汽車《きしゃ》に乗ってる。」男の子が言いました。カムパネルラの隣《となり》の女の子はそわそわしながら立って支度《したく》を始めましたが、やはりジョバンニと別《わか》れたくないような様子《ようす》でした。

「ここで降《お》りなければいけないのです。」青年《せいねん》はきちっと口を結《むす》んで、男の子を見下《みお》ろしながら言いました。

「嫌《いや》だ。僕《ぼく》、もう少し汽車《きしゃ》に乗ってから行く。」

ジョバンニが堪《た》えかねて言いました。

「僕《ぼく》たちと一緒《いっしょ》に乗って行こう。僕《ぼく》たち、どこまでも行ける切符《きっぷ》を持ってるんだ。」

「だけど私《わたし》たち、もうここで降《お》りないといけないのよ。ここは天上《てんじょう》に行くところなんだから。」女の子が寂《さび》しそうに言いました。

「天上《てんじょう》になんて行かなくていいじゃないか。僕《ぼく》たちはここで、天上《てんじょう》よりもいいところをつくらないといけないって、僕《ぼく》の先生《せんせい》が言ってたよ。」

「だって、お母《かあ》さんも先に行っているし、それに神様《かみさま》がいらっしゃるのよ。」

「そんな神様《かみさま》、うその神様《かみさま》だよ。」

「あなたの神様《かみさま》こそ、うその神様《かみさま》よ。」

「そうじゃないよ。」

「あなたの神様《かみさま》は、どんな神様《かみさま》ですか？」青年《せいねん》が笑《わら》いながら言いました。

「僕《ぼく》、本当《ほんとう》はよくわからない。だけど、そんなんじゃなくて、本当《ほんとう》の、たったひとりの神様《かみさま》です。」

「本当《ほんとう》の神様《かみさま》はたったひとりです。」

「はい。そんなんじゃなくて、たったひとりの、本当《ほんとう》の神様《かみさま》です。」

「だから、同じじゃないですか。私《わたし》は、あなたたちがそのうち、私《わたし》たちと一緒《いっしょ》に本当《ほんとう》の神様《かみさま》とお会いになることを祈《いの》ります。」青年《せいねん》はつつましく両手《りょうて》を組《く》みました。女の子も同じようにしました。誰《だれ》もが本当《ほんとう》に別《わか》れるのが惜《お》しいという様子《ようす》で、顔《かお》色も少し青ざめて見えました。ジョバンニはあぶなく声《こえ》をあげて泣《な》き出してしまうところでした。

「さあ、もう支度《したく》はいいんですか？　じきに南十字《サザンクロス》ですから。」

そのときでした。見えない天の川のずっと川上《かわかみ》に青や橙《だいだい》など、あらゆる光がちりばめられた十字架《じゅうじか》が、まるで一本《いっぽん》の木のように川のなかから立って輝《かがや》き、その上に青白《あおじろ》い雲《くも》が丸い輪《わ》になって後光《ごこう》のようにかかっているのでした。汽車《きしゃ》のなかがざわざわとしました。みんなが北の十字架《じゅうじか》のように真《ま》っ直《す》ぐ立って、お祈《いの》りをはじめました。あちらこちらから、子供《こども》が瓜《うり》に飛《と》びついたときのような喜《よろこ》びの声《こえ》や、なんとも言いようのない深《ふか》く慎《つつ》ましい溜《た》め息《いき》の音《おと》が聞こえました。そして、段々《だんだん》と十字架《じゅうじか》は窓《まど》の正面《しょうめん》に来て、あのリンゴの果肉《かにく》のような青白《あおじろ》い輪《わ》の雲《くも》がゆるやかに巡《めぐ》っているのが見えました。

「ハレルヤ、ハレルヤ。」明るく楽《たの》しく、みんなの声《こえ》が響《ひび》き、空の遠《とお》くからさわやかに透《す》き通《とお》ったラッパの音《おと》が聞こえました。そして、たくさんのシグナルや電《でん》球《きゅう》の明《あ》かりのなかを汽車《きしゃ》は進《すす》み、少しずつスピードを落《お》として、とうとう十字架《じゅうじか》のちょうど真向《まむ》かいまで来て、すっかり止まってしまいました。

「さあ、降《お》りるんですよ。」青年《せいねん》は男の子の手を引き、向こうの出口のほうへ歩《ある》き出しました。

「じゃあ、さようなら。」女の子が振《ふ》り返《かえ》ってふたりに言いました。

「さよなら。」ジョバンニは泣《な》き出したいのをこらえて、怒《おこ》ったようにぶっきらぼうに言いました。女の子はいかにも辛《つら》そうに目を大きくして、一度《いちど》こちらに振《ふ》り返《かえ》って、それから黙《だま》って出て行ってしまいました。汽車《きしゃ》の席《せき》は半分以上《はんぶんいじょう》空《あ》いてしまい、急にガランとして寂《さび》しくなり、風がいっぱいに吹《ふ》き込《こ》みました。

汽車《きしゃ》を降《お》りた乗客《じょうきゃく》たちはつつましく列《れつ》を組《く》んで、十字架《じゅうじか》の前の天の川の渚《なぎさ》に跪《ひざまず》いていました。そして、その見えない天の川の水を渡《わた》って、ひとりの神々《こうごう》しい白い着物《きもの》を着《き》た人が、手を伸《の》ばしてこちらへ来るのがふたりには見えました。けれども、そのときにはガラスの呼子《よびこ》が鳴《な》らされ、汽車《きしゃ》は動《うご》き出し、そう思っているうちに銀色《ぎんいろ》の霧《きり》が川下《かわしも》のほうからスーッと流《なが》れてきて、何も見えなくなってしまいました。ただ、たくさんのクルミの木が葉《は》を燦々《さんさん》と光らせて霧《きり》のなかに立ち、金色《こんじき》の円光《えんこう》を持った電気《でんき》リスが可愛《かわい》い顔《かお》をちらちらとのぞかせているだけでした。

　そのとき、スーッと霧《きり》は晴《は》れかかりました。どこかへ行く街道《かいどう》らしい道には、小さな電灯《でんとう》が一列《いちれつ》に点《つ》いた通りがありました。それは、しばらく線路《せんろ》に沿《そ》って進《すす》んでいました。そして、ふたりがその明《あ》かりの前を通って行くときには小さな豆《まめ》色《いろ》の明《あ》かりは挨拶《あいさつ》でもするかのようにポカッと消えて、ふたりが過《す》ぎて行くとまた点《つ》くのでした。

　振《ふ》り返《かえ》って見ると、さっきの十字架《じゅうじか》はすっかり小さくなってしまって、そのまま胸《むね》にでもつるせるくらいになり、女の子や青年《せいねん》たちが白い渚《なぎさ》に跪《ひざまず》いているのか、それともどこか方角《ほうがく》もわからない天上《てんじょう》へ行ったのか、ぼんやりして見分けられませんでした。

「ああ。」ジョバンニは深《ふか》く息《いき》をしました。

「カムパネルラ、また僕《ぼく》たちふたりきりになったね。どこまでもどこまでも、一緒《いっしょ》に行こう。僕《ぼく》はもう、あのサソリのように、本当《ほんとう》にみんなの幸《さいわ》いのためならば百回焼《ひゃっかいや》かれたって大丈夫《だいじょうぶ》だよ。」

「うん。僕《ぼく》だってそうだよ。」カムパネルラの目にはきれいな涙《なみだ》が浮《う》かんでいました。

「けれども、その幸《さいわ》いって、いったいなんだろう。」ジョバンニが言いました。

「僕《ぼく》にはわからない。」カムパネルラがぼんやりと言いました。

「僕《ぼく》たち、しっかりやろうね。」ジョバンニが胸《むね》いっぱい新《あたら》しい力が湧《わ》くように、ふうと息《いき》をしながら言いました。

「あ、あそこ、石炭袋《せきたんぶくろ》だよ。暗黒星雲《あんこくせいうん》、空の穴《あな》だよ。」カムパネルラが少しそちらを避《さ》けるようにしながら、天の川のひとところを指《さ》しました。ジョバンニはそれを見てギクッとしてしまいました。天の川のひとところに本当《ほんとう》に真《ま》っ暗《くら》な穴《あな》が空《あ》いているのです。その底《そこ》がどれほど深《ふか》いのか、奥《おく》に何があるのか、いくら目をこすって覗《のぞ》いても何も見えず、ただ目がしんしんと痛《いた》むのでした。

ジョバンニが言いました。

「僕《ぼく》もう、あんな大きな闇《やみ》のなかだって怖《こわ》くない。きっと、みんなの本当《ほんとう》の幸《さいわ》いを探《さが》しに行く。どこまでも、僕《ぼく》たち一緒《いっしょ》に進《すす》んで行こう。」

「うん。きっと行けるよ。ああ、あそこの野原《のはら》はなんてきれいなんだろう。みんな集《あつ》まってるね。あそこが本当《ほんとう》の天上《てんじょう》なんだ。あっ！　あそこに居《い》るの、僕《ぼく》のお母《かあ》さんだよ。」カムパネルラは急に窓《まど》の遠《とお》くに見えるきれいな野原《のはら》を指《さ》して叫《さけ》びました。

ジョバンニもそちらを見ましたが、そこは白くぼんやりと煙《けむ》っているばかりで、どうしてもカムパネルラの言っているようには思えませんでした。ジョバンニはなんとも言えない寂《さび》しい気持《きも》ちになって、ぼんやりそちらを見ていると、向こうの河岸《かわぎし》に二本の電信柱《でんしんばしら》が、ちょうど両方《りようほう》から腕《うで》を組んだように赤い腕木《うでぎ》を連《つら》ねて立っていました。

「カムパネルラ、僕《ぼく》たち一緒《いつしよ》にいこうね。」ジョバンニがそう言いながら振《ふ》り返《かえ》ってみると、今までカムパネルラの座《すわ》っていた席《せき》にはもうカムパネルラの姿《すがた》は見えず、ただ黒いベルベットだけが光っていました。ジョバンニはまるで鉄砲玉《てつぽうだま》のように立ち上がりました。そして、誰《だれ》にも聞こえないように窓《まど》の外《そと》へ体を乗り出して、力いっぱいに激《はげ》しく胸《むね》を打って叫《さけ》び、それから、喉《のど》いっぱい泣《な》き出しました。ジョバンニは、あたり一帯《いつたい》が真《ま》っ暗《くら》になってしまったような気持《きも》ちになりました。

ジョバンニは目を開《ひら》きました。もとの丘《おか》の草のなかで疲《つか》れて眠《ねむ》っていたのでした。胸《むね》はなんだかおかしく熱《ほて》り、頬《ほお》には冷たい涙《なみだ》が流《なが》れていました。

ジョバンニはバネのように跳《は》ね起《お》きました。町はすっかり暗《くら》くなり、通りの下ではたくさんの明《あ》かりが綴《つづ》られていましたが、その光はさっきより熱《ねっ》した様子《ようす》でした。そして、たったいま夢《ゆめ》で歩《ある》いた天の川も、町の通りに白くぼんやりとかかり、真《ま》っ黒《くろ》な南《みなみ》の地平線《ちへいせん》の上ではとりわけ煙《けむ》ったようになって、その右にはサソリ座《ざ》の赤い星《ほし》が美《うつく》しくきらめき、空全体《そらぜんたい》の位置《いち》はそんなに変わっていないようでした。

ジョバンニは一目散《いちもくさん》に丘《おか》を走《はし》って下りました。まだ夕《ゆう》ご飯《はん》を食《た》べないで待っているお母《かあ》さんのことが胸《むね》いっぱいに思い出されたのです。どんどんと黒い松の林のなかを通って、ほの白《じろ》い牧場《ぼくじょう》の柵《さく》をまわって、さっきの入り口から暗《くら》い牛舎《ぎゅうしゃ》の前へまた来ました。そこには誰《だれ》かが今まで居《い》たらしく、さっきはなかったひとつの車《くるま》が何かの樽《たる》をふたつ載《の》せて置《お》いてありました。

「こんばんは。」ジョバンニは叫《さけ》びました。

「はい。」白い太《ふと》いズボンをはいた人がすぐに出てきました。

「なんのご用ですか。」

「今日《きょう》、牛乳《ぎゅうにゅう》が僕《ぼく》のうちに来なかったのですが。」

「ああ、それはすみませんでした。」その人はすぐに奥《おく》へ入って行って、一本《いっぽん》の牛乳《ぎゅうにゅう》ビンを持ってきて、ジョバンニに渡《わた》しながら言いました。

「本当《ほんとう》にすみませんでした。今日《きょう》は昼過《ひるす》ぎにうっかりして、子牛《こうし》の柵《さく》を開《あ》けておいたもんですから、子牛《こうし》がさっそく親牛《おやうし》のところに行って半分《はんぶん》飲《の》んでしまいましてね。」その人は笑《わら》いました。

「そうですか。じゃあ、いただいて行きます。」

「ええ、どうもすみませんでした。」

「いいえ。」

ジョバンニは、まだ熱《あつ》い牛乳《ぎゅうにゅう》のビンを両方《りょうほう》の手のひらで包《つつ》むように持って牧《ぼく》場《じょう》の柵《さく》を出ました。

そして、しばらく木のある町を通って、大通《おおどお》りに出て、またしばらく行くと道は十文字《じゅうもんじ》になって、その右手《みぎて》の通りの外《はず》れに、さっきカムパネルラたちが明《あ》かりを流《なが》しに行った川にかかった大きな橋《はし》のやぐらが夜《よる》の空にぼんやりと立っていました。

ところが、その十字になった町角《まちかど》や店の前に女の人たちが七、八人ずつ集《あつ》まって、橋《はし》のほうを見ながらヒソヒソと話をしているのです。そして、橋《はし》の上は様々《さまざま》な明《あ》かりでいっぱいなのでした。

ジョバンニは、なぜか胸《むね》がサーッと冷《つめ》たくなったように思いました。そして、橋《はし》の近《ちか》くにいる人たちに「何かあったんですか?」と叫《さけ》ぶように尋《たず》ねました。

「子供《こども》が水に落《お》ちたんですよ。」ひとりがそう言うと、その人たちはいっせいにジョバンニのほうを見ました。ジョバンニは夢中《むちゅう》で橋《はし》のほうへと走《はし》りました。橋《はし》の上は人でいっぱいで川が見えませんでした。白い服《ふく》を着た巡査《じゅんさ》も来ていました。

ジョバンニは橋《はし》のたもとから飛《と》ぶように広い河原《かわら》に降《お》りました。

その河原《かわら》の水際《みずぎわ》に沿《そ》って、たくさんの明《あ》かりがせわしなく登《のぼ》ったり降《お》りたりしていました。向こう岸《ぎし》の暗《くら》い土手《どて》にも、七つ八つの火が動《うご》いていました。その真《ま》ん中《なか》を、すでにカラスウリの明《あ》かりのなくなった灰色《はいいろ》の川が、わずかに音《おと》を立てて静《しず》かに流《なが》れていたのでした。

河原《かわら》のもっとも下流《かりゅう》のほうに向かって洲《す》のように突《つ》き出たところに、くっきりとした人の集まりがありました。ジョバンニはどんどんとそっちへ走《はし》りました。するとジョバンニはさっきカムパネルラと一緒《いっしょ》だったマルソに会いました。マルソはジョバンニに走《はし》り寄《よ》ってきました。

「ジョバンニ、カムパネルラが川へ落《お》ちたんだ。」

「どうして？　いつ？」

「ザネリがね、舟《ふね》の上からカラスウリの明《あ》かりを水の流《なが》れるほうに押《お》そうとしたんだ。そのとき舟《ふね》が揺《ゆ》れて、ザネリが舟《ふね》から落《お》っこちたんだ。そしたら、カムパネルラがすぐに飛《と》び込《こ》んだんだ。そしてザネリを舟《ふね》のほうに押《お》し戻《もど》した。ザネリはカトウにつかまったんだけど、それからカムパネルラが見えなくなったんだ。」

「みんな探《さが》してるんだろう。」

「うん。みんなすぐに来た。カムパネルラのお父《とう》さんも来た。けれども、見つからないんだ。ザネリはもう、うちへ連《つ》れられて帰《かえ》った。」

ジョバンニはみんなの居《い》るところへ行きました。そこには、学生《がくせい》たちや町の人たちに囲《かこ》まれて、青白《あおじろ》い尖《とが》ったあごをしたカムパネルラのお父《とう》さんが黒い服《ふく》を着て真《ま》っ直《す》ぐに立ち、右手《みぎて》に持った時計《とけい》をじっと見つめていたのです。

みんなもじっと川を見ていました。誰《だれ》も一言《ひとこと》もものを言う人はありませんでした。ジョバンニの足はガタガタと震《ふる》えました。魚《さかな》を捕《つか》まえるときのガスランプがたくさん、せわしなく行ったり来たりして、黒い川の水はちらちらと小さな波《なみ》をたてて流《なが》れているのが見えるのでした。

下流《かりゅう》のほうは川幅《はば》いっぱいに銀河《ぎんが》が大きく映《うつ》って、まるでそのまま水のない空のように見えました。

ジョバンニは、カムパネルラはもうあの銀河《ぎんが》の外《はず》れにしかいないというような気《き》がしてなりませんでした。

けれども、みんなはまだ、どこかの波《なみ》の間《あいだ》から「僕《ぼく》はずいぶん泳《およ》いだぞ。」と言いながらカムパネルラが出てくるか、あるいはどこか人の知《し》らない州《す》にでも泳《およ》ぎ着《つ》いて立っていて、誰《だれ》かが来るのを待っているというような気《き》がして仕方《しかた》ないらしいのでした。けれども、急《きゅう》にカムパネルラのお父《とう》さんがきっぱりと言いました。

「もうダメです。落《お》ちてから四十五分になりましたから。」

ジョバンニは思わず駆《か》け寄《よ》って博士《はかせ》の前に立ち、「僕《ぼく》はカムパネルラの行った方向《ほうこう》を知《し》っています。僕《ぼく》はカムパネルラと一緒《いっしょ》に歩《ある》いていたのです。」と言おうとしましたが、喉《のど》が詰《つ》まって何も言えませんでした。すると、博士《はかせ》はジョバンニが挨拶《あいさつ》にでも来たと思ったのか、しばらくしげしげとジョバンニを見て、「あなたはジョバンニさんでしたね。どうも、今晩《こんばん》はありがとう。」と丁寧《ていねい》に言いました。

ジョバンニは何も言えず、ただ、お辞儀《じぎ》をしました。

「あなたのお父《とう》さんはもう戻《もど》られましたか?」博士《はかせ》は時計《とけい》を固《かた》く握《にぎ》ったまま尋《たず》ねました。

「いいえ。」ジョバンニはかすかに頭《あたま》を振《ふ》りました。

「どうしたのかな。僕《ぼく》には一昨日《おととい》、大変元気《たいへんげんき》な便《たよ》りがあって、今日《きょう》あたり、もう着《つ》くころだと思うんだけど。船《ふね》が遅《おく》れたのかな。ジョバンニさん、明日《あした》の放課《ほうか》後《ご》、みんなでうちへ遊《あそ》びに来てくださいね。」

そう言いながら、博士《はかせ》はまた、川下《かわしも》の銀河《ぎんが》のいっぱい映《うつ》ったほうへ視線《しせん》を送りました。

ジョバンニはもう、いろいろなことで胸《むね》がいっぱいで、何も言えずに博士《はかせ》の前を離《はな》れて、早くお母《かあ》さんに牛乳《ぎゅうにゅう》を持って行き、お父《とう》さんが帰《かえ》って来ることを知《し》らせようと思い、一目散《いちもくさん》に河原《かわら》を町のほうへ走《はし》りました。

# よだかの星

よだかは実《じつ》に醜《みにく》い鳥《とり》です。

顔《かお》はところどころ味噌《みそ》をつけたようにまだらで、くちばしは平たく、耳まで裂《さ》けています。

足はまるでヨボヨボで、二メートルも歩《ある》けません。

ほかの鳥《とり》は、よだかの顔《かお》を見ただけでも嫌《いや》になってしまうという具合《ぐあい》でした。

例《たと》えば、ヒバリもあまり美《うつく》しい鳥《とり》ではありませんが、よだかよりはずっと上だと思《おも》っていましたので、夕方《ゆうがた》などによだかに会うと、さも嫌《いや》そうにしんねりと目をつぶりながら首《くび》をそっぽに向けるのでした。

もっと小さなおしゃべりの鳥《とり》などは、いつでも真《ま》っ向《こう》から悪口《わるぐち》を言いました。

「ヘン。また出て来たね。まあ、あの格好《かっこう》を見てみなよ。本当に鳥《とり》の仲間《なかま》の面《つら》汚《よご》しだよ。」

「ね。まあ、あの口の大きいこと。きっと、カエルの親戚《しんせき》か何かなんだよ。」

こんな調子《ちょうし》です。

ただのタカならば、このような中途半端《ちゅうとはんぱ》に小さな鳥《とり》たちは名前《なまえ》を聞いただけでもブルブル震《ふる》えて顔色《かおいろ》を変《か》え、身体《からだ》を縮《ちぢ》めて木《こ》の葉《は》の陰《かげ》にでも隠《かく》れたでしょう。

ところが、よだかはタカの兄弟《きょうだい》でも親類《しんるい》でもありませんでした。

むしろ、よだかは美《うつく》しいカワセミや鳥《とり》のなかの宝石《ほうせき》のようなハチドリの兄弟《きょうだい》でした。ハチドリは花の蜜《みつ》を食べ、カワセミは魚を食べ、よだかは羽虫《はむし》を捕《つか》まえて食べるのでした。

それに、よだかは鋭《するど》いツメも鋭《するど》いクチバシもありませんでした。どんなに弱《よわ》い鳥《とり》でも、よだかを怖《こわ》がるはずがなかったのです。

それなのにタカという名前《なまえ》がついたのは不思議《ふしぎ》なことでした。

理由《りゆう》のひとつは、よだかの翼《つばさ》が無闇《むやみ》に強《つよ》くて、風を切って空を翔《か》けるときにはまるでタカのように見えたこと、もうひとつは、鋭《するど》い鳴《な》き声《ごえ》がどこかタカに似《に》ていたためです。もちろん、タカはこれをとても気《き》にして嫌《いや》がっていました。よだかの顔《かお》が見えると肩《かた》をいからせて、名前《なまえ》を改《あらた》めろと何度《なんど》も言うのでした。

ある夕方《ゆうがた》、とうとうタカがよだかの家《いえ》にやって来ました。

「おい、居《い》るか。まだお前は名前《なまえ》を変《か》えていないのか。お前もずいぶん恥知《はじし》らずだな。お前と俺《おれ》では格《かく》が違《ちが》うんだよ。例《たと》えば、俺《おれ》は青い空をどこまでも飛《と》んで行ける。お前は曇《くも》って薄暗《うすぐら》い日か夜《よる》でなくっちゃ出て来ない。それから、俺《おれ》のクチバシやツメを見てみろ。お前のものとよく比《くら》べてみるがいい。」

「タカさん、それはあんまりです。私《わたし》の名前《なまえ》は私《わたし》が勝手《かって》につけたのではありません。神様《かみさま》がくださったのです。」

「いいや。俺《おれ》の名前《なまえ》なら神様《かみさま》からもらったと言ってもいいだろうけど、お前のは、言うなら俺《おれ》と夜《よる》の両方《りょうほう》から借《か》りた名前《なまえ》だ。さあ、返《かえ》せ。」

「タカさん、それは無理《むり》です。」

「無理《むり》じゃない。俺《おれ》がいい名前《なまえ》を教《おし》えてやろう。市蔵《いちぞう》と言うんだ。市蔵《いちぞう》とな。いい名前《なまえ》だろう。名前《なまえ》を変《か》えるには改名《かいめい》の披露《ひろう》をしなくちゃいけない。いいか、それはな、首《くび》に市蔵《いちぞう》と書《か》いた札《ふだ》をぶらさげて、私《わたし》はこれから市蔵《いちぞう》といいますと挨《あい》拶《さつ》しながら、みんなのところをお辞儀《じぎ》してまわるんだ。」

「そんなこと、とてもできません。」

「いいや、できる。そうしろ。もし、明後日《あさって》の朝《あさ》までにお前がそうしなかったら、直《す》ぐにつかみ殺《ころ》すから、そう思《おも》え。俺《おれ》は明後日《あさって》の朝《あさ》早くに鳥《とり》の家を一軒《いっけん》ずつまわって、お前が来たかどうかを聞いて歩《ある》く。一軒《いっけん》でも来なかったという家があったら、もう貴様《きさま》はそのときがお終《しま》いだぞ。」

「それはあんまりじゃありませんか。そんなことをするくらいなら、私《わたし》はもう死《し》んだほうがマシです。今直《います》ぐ殺《ころ》してください。」

「まあ、後《あと》でよく考《かんが》えてみろ。市蔵《いちぞう》だってそんなに悪《わる》い名前《なまえ》じゃないさ。」

タカは大きな翼《つばさ》をいっぱいに広《ひろ》げて、自分の巣《す》のほうへ飛《と》んで行きました。

よだかはじっと目をつぶって考《かんが》えました。


（いったい僕《ぼく》はなぜこうもみんなに嫌《いや》がられるのだろう。僕《ぼく》の顔《かお》は味噌《みそ》をつけたようで、口が裂《さ》けているからかなぁ。それだって、僕《ぼく》は今まで何も悪《わる》いことをしたことがない。メジロの赤ちゃんが巣《す》から落《お》ちていたときには助《たす》けて、巣《す》へ連《つ》れて帰《かえ》ってやった。そしたら、メジロは赤ちゃんを泥棒《どろぼう》からでも取《と》り返《かえ》すように、僕《ぼく》から引《ひ》き離《はな》したんだ。そして、ひどく僕《ぼく》を笑《わら》ったっけ。それに今度《こんど》は市蔵《いちぞう》だなんて……。首《くび》に札《ふだ》をかけろだなんて……。つらい話だなぁ。）

あたりは、もう薄《う》っすらと暗《くら》くなっていました。

よだかは巣《す》から飛《と》び出しました。

雲《くも》が意地悪《いじわる》く光って低《ひく》く垂《た》れています。よだかは雲《くも》のすれすれまでかすめるように、音もなく空を飛《と》びまわりました。

それから、急《きゅう》によだかは口を大きく開いて翼《つばさ》を真《ま》っ直《す》ぐに張《は》り、矢のようにそこらを横切《よこぎ》りました。小さな羽虫《はむし》が何匹《なんびき》も何匹《なんびき》も、よだかの喉《のど》に入りました。

身体《からだ》が土に着《つ》くか着《つ》かないかのうちに、よだかはまた空へひらりと跳《は》ね上がりました。もう雲《くも》はねずみ色になり、向こうの山は山火事《やまかじ》の火で真《ま》っ赤《か》です。

よだかが思《おも》い切って飛《と》ぶときには、空がまるでふたつに切れたように見えました。

一匹《いっぴき》のカブトムシがよだかの喉《のど》に入ってひどくもがきました。よだかは直《す》ぐにそれを飲《の》み込《こ》みましたが、そのときなんだか背中《せなか》がゾッとしたように感《かん》じました。

雲《くも》はもう真《ま》っ黒《くろ》く、東《ひがし》のほうだけ山火事《やまかじ》の火が赤くうつって恐《おそ》ろしい様子《ようす》です。よだかは胸《むね》がつかえたように思《おも》いながら、また空へ駆《か》け上がりました。

また一匹《いっぴき》のカブトムシがよだかの喉《のど》に入りました。そして、まるでよだかの喉《のど》を引《ひ》っ掻《か》くようにバタバタしました。よだかはそれを無理《むり》に飲《の》み込《こ》んでしまいました。ところが、そのとき急《きゅう》に胸《むね》がドキッとして、よだかは大声《おおごえ》をあげて泣《な》き出してしまいました。泣《な》きながらぐるぐるぐるぐると空をめぐったのです。

（ああ、カブトムシやたくさんの羽虫《はむし》が毎晩《まいばん》、僕《ぼく》に殺《ころ》される。そして、その、ただひとりの僕《ぼく》が今度《こんど》はタカに殺《ころ》される。それがこんなに辛《つら》いんだ。ああ、苦《くる》しい。僕《ぼく》はもう虫を食べないで餓《う》えて死《し》のう。いや、その前にタカが僕《ぼく》を殺《ころ》すだろう。それなら、その前に、僕《ぼく》は遠《とお》くの遠《とお》くの空の向こうに行ってしまおう。）

山火事《やまかじ》の火は水のように流《なが》れてだんだんと広《ひろ》がり、雲《くも》も赤く燃《も》えているようです。

よだかは真《ま》っ直《す》ぐに、弟《おとうと》のカワセミのところへ飛《と》んで行きました。

綺麗《きれい》なカワセミも、ちょうど起きて、遠《とお》くの山火事《やまかじ》を見ていたところでした。

そして、よだかの降《お》りてきたのを見て言いました。

「兄さん、こんばんは。何か急《きゅう》の用事《ようじ》ですか。」

「いいや、僕《ぼく》は今度《こんど》、遠《とお》いところに行くことにした。その前にちょっと、お前に会いに来たんだよ。」

「兄さん、行っちゃダメですよ。ハチドリもあんなに遠《とお》くに暮《く》らしているんですし、僕《ぼく》がひとりぼっちになってしまうじゃないですか。」

「それはね、どうにも仕方《しかた》ないんだ。もう今日《きょう》は何も言わないでおくれ。そして、お前もね、どうしても捕《と》らなければいけないときのほかは、いたずらに魚を捕《と》ったりしないようにしておくれ。ね。それじゃあ。」

「兄さん、どうしたんですか。もうちょっと待ってください。」

「いや、いつまで居《い》てもおんなじだ。ハチドリに後でよろしく伝えてくれ。じゃあね。もう会えないよ。さようなら。」

よだかは泣《な》きながら、自分のお家《うち》へ帰《かえ》って行きました。短《みじか》い夏の夜《よる》はもう明《あ》けかかっていました。

シダの葉《は》は夜明《よあ》けの霧《きり》を吸《す》って、青く冷《つめ》たく揺《ゆ》れました。よだかは高くキシキシキシと鳴《な》きました。そして、巣《す》のなかをきちんと片《かた》づけ、きれいに身体中《からだじゅう》の羽《は》根《ね》や毛を整《ととの》えて、また巣《す》から飛《と》び出しました。

霧《きり》が晴《は》れて、お日様《ひさま》がちょうど東《ひがし》から昇《のぼ》りました。よだかはグラグラするほど眩《まぶ》しいのをこらえて、矢のように、お日様《ひさま》のほうへ飛《と》んで行きました。

「お日様《ひさま》、お日様《ひさま》、どうぞ私《わたし》をあなたのところへ連《つ》れて行ってください。焼《や》けて死《し》んでも構《かま》いません。私《わたし》のような醜《みにく》い身体《からだ》でも、焼《や》けるときには小さな光を出すでしょう。どうか、連《つ》れて行ってください。」

飛《と》んでも飛《と》んでも、お日様《ひさま》は近くなりませんでした。むしろ、だんだん小さく遠《とお》くなりながら、お日様《ひさま》が言いました。

「お前はよだかだな。なるほど、ずいぶん辛《つら》いんだろう。今夜《こんや》、空を飛《と》んで、星《ほし》に頼《たの》んでごらん。お前は昼間《ひるま》の鳥《とり》ではないのだからな。」

よだかはお辞儀《じぎ》をひとつしたと思《おも》うと、急《きゅう》にグラグラして、とうとう野原《のはら》の草の上に落《お》ちてしまいました。まるで夢《ゆめ》でも見ているようでした。身体《からだ》がずっと赤や黄色《きいろ》の星の間を昇《のぼ》って行ったり、どこまでも風に飛《と》ばされたり、またタカが来て身体《からだ》をつかんだりしたように感《かん》じました。

冷《つめ》たいものが急《きゅう》に顔《かお》に落《お》ちて、よだかは目を開きました。一本の若《わか》いススキの葉《は》から露《つゆ》がしたたったのでした。

もうすっかり夜《よる》になって、空は青黒《あおぐろ》く、一面《いちめん》の星が瞬《またた》いていました。

よだかは空に飛《と》び上がりました。今夜《こんや》も山火事《やまかじ》の火は真《ま》っ赤《か》です。よだかは、その火のかすかな明《あ》かりと、冷《つめ》たい星明《ほしあ》かりのなかを飛《と》びめぐりました。

それから、もう一度、飛《と》びめぐりました。そして、思《おも》い切って西《にし》の空の美《うつく》しいオリオン座《ざ》の星のほうに真《ま》っ直《す》ぐに飛《と》びながら叫《さけ》びました。

「お星様《ほしさま》、西《にし》の青白《あおじろ》いお星様《ほしさま》。どうか私《わたし》をあなたのところへ連《つ》れていってください。焼《や》けて死《し》んでもかまいません。」

オリオン座《ざ》は勇《いさ》ましい歌《うた》をつづけながら、よだかを相手《あいて》にしませんでした。よだかは泣《な》きそうになって、よろよろと落《お》ち、それからなんとか空中《くうちゅう》にとどまって、もう一度《いちど》飛《と》びめぐりました。そして、南《みなみ》のオオイヌ座《ざ》のほうへ真《ま》っ直《す》ぐに飛《と》びながら叫《さけ》びました。

「お星様《ほしさま》。南《みなみ》の青いお星様《ほしさま》。どうか私《わたし》をあなたのところに連《つ》れていってください。焼《や》けて死《し》んでもかまいません。」

オオイヌが青や紫《むらさき》や黄色《きいろ》に美《うつく》しくせわしなく瞬《またた》きながら言いました。

「馬鹿《ばか》を言うな。お前なんか、いったいどんなもんだって言うんだ。たかが鳥《とり》じゃないか。お前の翼《つばさ》でここまで来るには何万光年《なんまんこうねん》もかかるぜ。」

そして、また別《べつ》の方向《ほうこう》を向きました。

よだかはがっかりして、よろよろ落《お》ちて、それからまた、二度飛《と》びまわりました。それから、思《おも》い切って北のオオグマ星のほうへ真《ま》っ直《す》ぐに飛《と》びながら叫《さけ》びました。

「北の青いお星様《ほしさま》。あなたのところに連《つ》れていってください。」

オオグマ星は静《しず》かに言いました。

「余計《よけい》なことを考《かんが》えるんじゃない。少し頭《あたま》を冷《ひ》やしてきなさい。そういうときは、氷山《ひょうざん》の浮《う》いている冷《つめ》たい海《うみ》のなかに飛《と》び込《こ》むか、近くに海《うみ》がなかったら、氷《こおり》

を浮《う》かべたコップのなかへ飛《と》び込《こ》むのが一番《いちばん》だ。」

よだかはがっかりして、よろよろ落《お》ちて、それからまた、四度空を巡《めぐ》りました。

そして、もう一度、東《ひがし》から昇《のぼ》った天の川の向こうのワシの星に叫《さけ》びました。

「東《ひがし》の白いお星様《ほしさま》。どうか私《わたし》をあなたのところに連《つ》れていってください。焼《や》け死《し》んでもかまいません。」

ワシは横柄《おうへい》に言いました。

「いいや、とてもとても、話にもなんにもならん。星になるには、それ相応《そうおう》の身分《みぶん》でなくちゃいかん。それに、たくさんお金もいるんだよ。」

よだかはもうすっかり力を落《お》としてしまって、翼《つばさ》を閉じて、地に落《お》ちて行きました。そして、あと三十センチで地面《じめん》にその弱《よわ》い足が着《つ》くところまで落《お》ちて、急《きゅう》に狼煙《のろし》のように空へ飛《と》び上がりました。

空のなかほどに来て、よだかはまるでワシがクマを襲《おそ》うときにするように、ブルッと身体《からだ》を揺《ゆ》すって毛を逆立《さかだ》てました。

それからキシキシキシキシキシッと高く高く叫《さけ》びました。その声はまるでタカでした。野原《のはら》や林で眠《ねむ》っていた他《ほか》の鳥《とり》は、みんな目を覚《さ》まして、ブルブル震《ふる》えながら訝《いぶか》しそうに星空を見上げました。

よだかは、どこまでもどこまでも、真《ま》っ直《す》ぐに空へ昇《のぼ》って行きました。もう山《やま》火事《かじ》の火はタバコの吸《す》い殻《がら》くらいにしか見えません。よだかはずんずんと昇《のぼ》って行きました。

寒《さむ》さで息《いき》が胸《むね》のなかで白く凍《こお》りました。空気《くうき》が薄《うす》くなったために、いつもの何《なん》倍《ばい》も翼《つばさ》をせわしなく動《うご》かさなければなりませんでした。

それなのに、星の大きさはさっきと少しも変《か》わりません。つく息《いき》はふいごのようです。

寒《さむ》さや霜《しも》がまるで剣《けん》のようによだかを刺《さ》しました。よだかは羽根《はね》がすっかりしびれてしまいました。そして、涙《なみだ》ぐんだ目をあげて、もう一度空を見ました。

そうです。これがよだかの最期《さいご》でした。もうよだかは落《お》ちているのか、昇《のぼ》っているのか、逆《さか》さになっているのか、上を向いているのかもわかりませんでした。

ただ、心持《こころも》ちは安らかでした。血《ち》の付《つ》いた大きなくちばしは横《よこ》に曲がっていましたが、確《たし》かに少し笑《わら》っていました。

それから、しばらく経《た》って、よだかははっきりと目を開きました。そして、自分の身体《からだ》がリンの火のような青い美《うつく》しい光になって、静《しず》かに燃《も》えているのを見ました。

すぐ隣《となり》はカシオペア座《ざ》でした。

天の川の青白《あおじろ》い光は、背負《せお》うように後ろにありました。

そして、よだかの星は燃《も》えつづけました。

いつまでも、いつまでも燃《も》えつづけました。

今でも、まだ燃《も》えています。

# 双子の星

# 双子《ふたご》の星　一

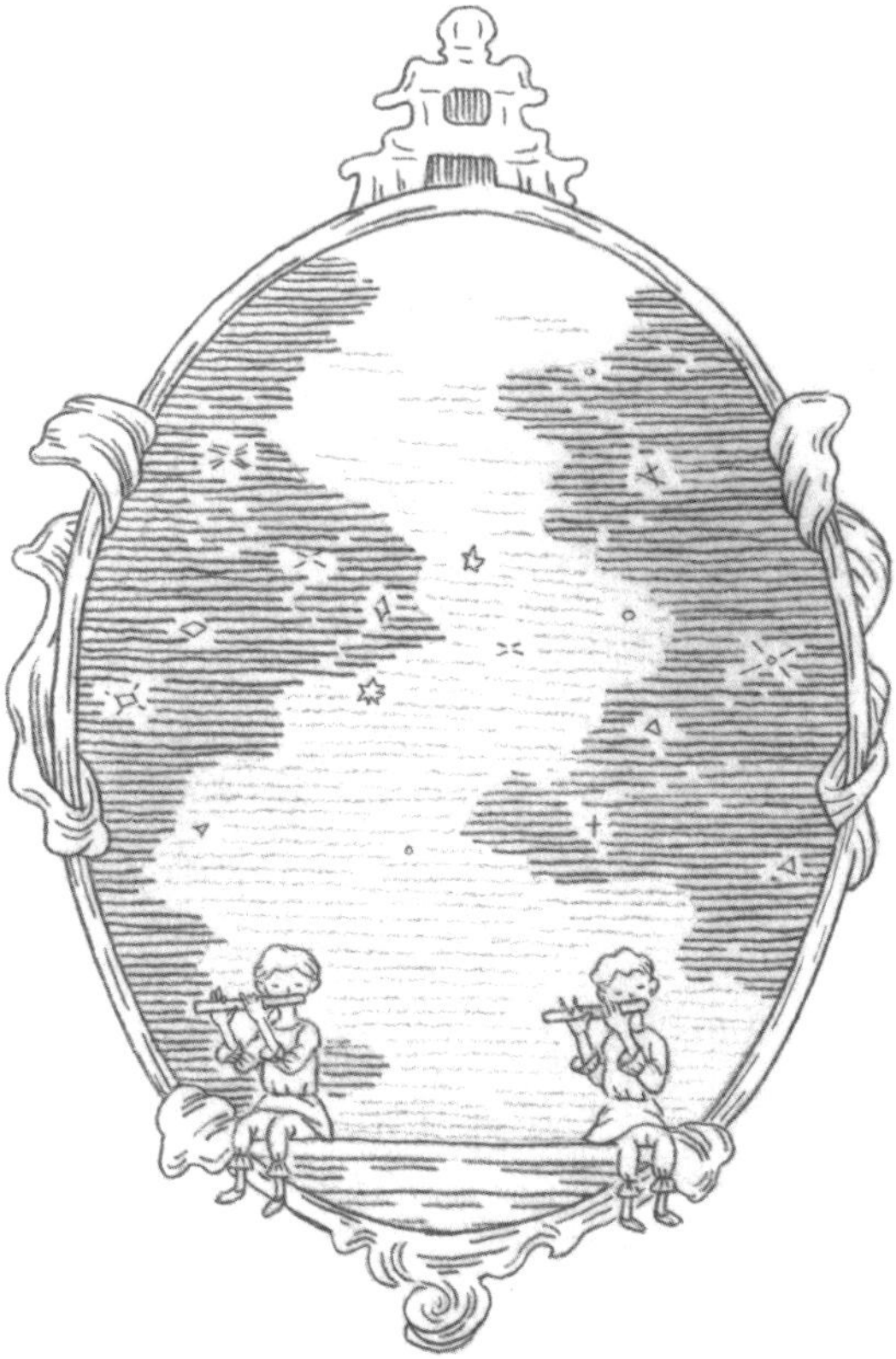

天《あま》の川《がわ》の西《にし》の岸《きし》にスギナの胞子《ほうし》ほどの小さなふたつの星が見えます。あれはチュンセ童子《どうじ》とポウセ童子《どうじ》という双子《ふたご》のお星様《ほしさま》の住んでいる小さな水晶《すいしょう》のお宮《みや》です。

この透《す》き通《とお》るふたつのお宮《みや》は真《ま》っ直《す》ぐ向かい合っています。夜はふたりとも、きっとお宮《みや》に帰《かえ》ってきちんと座《すわ》り、空の星めぐりの歌《うた》に合わせて、ひと晩《ばん》、銀《ぎん》の笛《ふえ》を吹《ふ》くのです。それがこの双子《ふたご》のお星様《ほしさま》の役目《やくめ》でした。

ある朝、お日様《ひさま》がカツカツカツと厳《おごそ》かに身体《からだ》を揺《ゆ》さぶって、東《ひがし》から昇《のぼ》っておいでになったとき、チュンセ童子《どうじ》は銀《ぎん》の笛《ふえ》を下に置いてポウセ童子《どうじ》に言いました。

「ポウセさん、もういいでしょう。お日様《ひさま》もお昇《のぼ》りになったし、雲《くも》も真《ま》っ白に光っています。今日《きょう》は西《にし》の野原《のはら》の泉《いずみ》へ行きませんか。」

ポウセ童子《どうじ》が半分《はんぶん》目をつぶったまま、まだ夢中《むちゅう》で銀《ぎん》の笛《ふえ》を吹《ふ》いているので、チュンセ童子《どうじ》はお宮《みや》から降《お》りて靴《くつ》を履《は》き、ポウセ童子《どうじ》のお宮《みや》の段《だん》に昇《のぼ》って、もう一度言いました。

「ポウセさん、もういいでしょう。東《ひがし》の空はまるで白く燃《も》えているようですし、下では小さな鳥なども目を覚《さ》ましている様子《ようす》です。今日《きょう》は西《にし》の野原《のはら》の泉《いずみ》へ行きませんか。そして、風車《かざぐるま》で霧《きり》をこしらえて、小さな虹《にじ》を飛《と》ばして遊《あそ》ぼうではありませんか。」

ポウセ童子《どうじ》はやっと気《き》がついて、びっくりして笛《ふえ》を置《お》いて言いました。

「あ、チュンセさん、失礼《しつれい》いたしました。もうすっかり明《あか》るくなったんですね。今すぐ靴《くつ》を履《は》きますから。」

そして、ポウセ童子《どうじ》は白い貝《かい》がらの靴《くつ》を履《は》き、ふたりは連《つ》れ立って、歌《うた》いながら空の銀《ぎん》の芝原《しばはら》を仲良《なかよ》く歩いて行きました。

お日さまの、
お通《とお》りみちを、はき清《きよ》め、
ひかりをちらせ　あまの白雲《しらくも》。
お日さまの、

お通《とお》りみちの　石《いし》かけを
深《ふか》くうずめよ、あまの青雲《あおくも》。

そして、いつの間《ま》にか空の泉《いずみ》に着《つ》きました。

この泉《いずみ》は、晴《は》れた晩《ばん》には下からはっきりと見えます。天の川の西《にし》の岸《きし》からだいぶ離《はな》れたところに、青い小さな星で丸く囲《かこ》まれています。底《そこ》は青い小さな石粒《いしつぶ》で平《たい》らに埋《う》められ、石《いし》の間《あいだ》から綺麗《きれい》な水がコロコロコロコロ湧《わ》き出して、泉《いずみ》の一方《いっぽう》の縁《ふち》から天の川へと小さな流れになって走って行きます。

私どもの世界が日照《ひで》りのとき、痩《や》せてしまったよだかやホトトギスなどが、それをだまって見上《みあ》げて残念《ざんねん》そうに喉《のど》をクビクビさせているのをときどき見ることがありませんか。どんな鳥でも、とてもあそこまでは行けません。けれども、天のオオガラスの星やサソリの星やウサギの星なら、もちろん直《す》ぐに行けます。

「ポウセさん、まずここへ滝《たき》をこしらえましょうか。」

「ええ、こしらえましょう。僕《ぼく》が石《いし》を運《はこ》びますから。」

チュンセ童子《どうじ》が靴《くつ》をぬいで小流《こなが》れのなかに入り、ポウセ童子《どうじ》は岸《きし》から手ごろな石《いし》を集《あつ》め始《はじ》めました。

今は、空はリンゴのいい匂《にお》いでいっぱいです。西《にし》の空に消《き》え残《のこ》った銀《ぎん》色のお月《つき》様《さま》が吐《は》いたのです。

気《き》がつくと野原《のはら》の向こうから大きな歌声《うたごえ》が聞こえます。

あまのがわの　にしのきしを、
すこしはなれた　そらの井戸《いど》
みずはころろ、そこもきらら、
まわりをかこむ　あおいほし。

よだかふくろう、ちどり、かけす、
来ようとすれども、できもせぬ。

「あ、オオガラスの星だ。」童子《どうじ》たちは一緒《いっしょ》に言いました。

空のススキをざわざわと分けて、オオガラスが向こうから肩《かた》を振《ふ》って、のっしのっしと大股《おおまた》でやって来ました。真《ま》っ黒《くろ》なベルベットのマントを着て、真《ま》っ黒《くろ》なベルベットのタイツをはいています。

オオガラスはふたりを見て立ち止まり、丁寧《ていねい》にお辞儀《じぎ》しました。

「やあ、こんにちは。チュンセ童子《どうじ》とポウセ童子《どうじ》。よく晴《は》れて結構《けっこう》ですな。しかし、どうも晴《は》れるとノドが渇《かわ》いていけません。それに昨夜《ゆうべ》は少し高い声で歌《うた》い過《す》ぎましてな。ごめんください。」と言いながら、オオガラスは泉《いずみ》に頭《あたま》を突《つ》っ込《こ》みました。

「どうか構《かま》わないで、たくさん飲《の》んでください。」と、ポウセ童子《どうじ》が言いました。

オオガラスは息《いき》もつかずに三分ばかりノドを鳴らして飲《の》んでから、やっと顔《かお》を上げて、ちょっと目をパチパチいわせて、それからブルルッと頭《あたま》を振《ふ》って水を払《はら》いました。

そのとき、向こうから荒《あら》い声の歌《うた》がまた聞こえてきました。オオガラスはみるみる顔《かお》色を変《か》えて身体《からだ》を激《はげ》しく震《ふる》わせました。

みなみのそらの、赤目《あかめ》のさそり
毒《どく》ある鉤《かぎ》と　大きなはさみを
知《し》らない者《もの》は　阿呆鳥《あほうどり》

そこでオオガラスが怒《おこ》って言いました。

「サソリ星《ぼし》め。ちくしょう。阿呆鳥《あほうどり》だなんて、人を当《あ》てつけやがる。見ろ。ここへ来たら、その赤目《あかめ》を抜《ぬ》いてやるぞ。」

「オオガラスさん、それはいけないでしょう。王様《おうさま》がご存《ぞん》じですよ。」とチュンセ童子《どうじ》が言う間《ま》もなく、赤い目のサソリ星《ぼし》が向こうからふたつの大きなハサミをゆらゆら動《うご》かし、長い尾《お》をカラカラ引いてやって来るのです。その音は静《しず》かな天の野《の》原中《はらじゅう》に響《ひび》きました。

オオガラスはぶるぶる震《ふる》えて怒《おこ》り、今にも飛《と》びかかりそうです。双子《ふたご》の星は一生懸命《しょうけんめい》にそれを押《お》さえました。

サソリはオオガラスを尻目《しりめ》にかけて、泉《いずみ》の縁《ふち》まで這《は》って来て言いました。

「ああ、どうもノドが渇《かわ》いてしまった。やあ、双子《ふたご》さん、こんにちは。ごめんください。少し水を飲《の》んでやろうかな。はてな、どうもこの水は土臭《つちくさ》いぞ。どこかの真《ま》っ黒《くろ》な馬鹿《ばか》が頭《あたま》を突《つ》っ込《こ》んだと見える。えい、仕方《しかた》ない。我慢《がまん》してやれ。」

そして、サソリは十分《じっぷん》ばかりゴクリゴクリと水を飲《の》みました。その間《あいだ》も、いかにもオオガラスを馬鹿《ばか》にするように、毒《どく》の針《はり》のついた尾《お》をそちらにパタパタ動《うご》かすのです。

とうとうオオガラスは我慢《がまん》しかねて、翼《つばさ》をパッと開《ひら》いて叫《さけ》びました。

「コラ、サソリ。貴様《きさま》はさっきから阿呆鳥《あほうどり》だのなんだのと俺《おれ》の悪口《わるぐち》を言ったな。早く謝《あやま》ったらどうだ。」

サソリがやっと泉《いずみ》から頭《あたま》を離《はな》して、まるで火が燃《も》えるように赤い目を動《うご》かしました。

「へん。誰《だれ》かが何か言ってるぜ。赤いお方《かた》だろうか。ねずみ色のお方《かた》だろうか。ひとつ毒針《どくばり》をお見舞《みま》いしますかな。」

オオガラスはカッとして、思わず飛《と》び上がって叫《さけ》びました。

「何を生意気《なまいき》な。空の向こう側《がわ》へ真《ま》っ逆《さか》さまに落《お》としてやるぞ。」

サソリも怒《おこ》って大きな身体《からだ》を素早《すばや》くひねって、尾《お》の鉤《かぎ》を空に突《つ》き上げました。オオガラスは飛《と》び上がってそれを避《よ》け、今度《こんど》はくちばしを槍《やり》のようにして、真《ま》っ直《す》ぐにサソリの頭《あたま》を目掛《めが》けて落《お》ちて来ました。

チュンセ童子《どうじ》もポウセ童子《どうじ》も止める隙《すき》がありません。サソリは頭《あたま》に深《ふか》い傷《きず》を受け、オオガラスは毒《どく》の針《はり》で胸《むね》を刺《さ》されて、両方《りょうほう》ともウンと唸《うな》ったまま重《かさ》なり合って気絶《きぜつ》してしまいました。

サソリの血がドクドクと空に流れて、嫌《いや》な赤い雲《くも》になりました。

チュンセ童子《どうじ》が急《いそ》いで靴《くつ》を履《は》いて言いました。

「さあ、大変《たいへん》だ。オオガラスには毒《どく》が入ったのだ。早く吸《す》い取ってやらないといけない。ポウセさん、オオガラスをしっかり押《お》さえていてくださいませんか。」

ポウセ童子《どうじ》も靴《くつ》を履《は》いて、急《いそ》いで後《うし》ろにまわってオオガラスをしっかり押《お》さえました。チュンセ童子《どうじ》がオオガラスの胸《むね》の傷口《きずぐち》に口をあてました。

「チュンセさん、毒《どく》を飲《の》んではいけませんよ。すぐ吐《は》き出してしまわないといけません。」ポウセ童子《どうじ》が言いました。

チュンセ童子《どうじ》は静《しず》かに、傷口《きずぐち》から六回ほど、毒《どく》のある血を吸《す》って吐《は》き出しました。すると、オオガラスがやっと気《き》がついて、薄《うす》く目を開いて言いました。

「あ、どうもすみません。私はどうしたのですかな。確《たし》かに野郎《やろう》を仕留《しと》めたのだが。」

チュンセ童子《どうじ》が言いました。

「早く流れで傷口《きずぐち》をお洗《あら》いなさい。歩けますか。」

オオガラスはよろよろ立ち上がって、サソリを見て、また身体《からだ》を震《ふる》わせて言いました。

「畜生《ちくしょう》。空の毒虫《どくむし》め。空で死《し》んだのをありがたいと思《おも》え。」

ふたりはオオガラスを急《いそ》いで流れに連《つ》れて行きました。そして綺麗《きれい》に傷口《きずぐち》を洗《あら》ってやって、そのうえ、傷口《きずぐち》に香《かぐわ》しい息《いき》を二、三度吹《ふ》きかけてやりました。

「さあ、ゆるゆる歩いて、明るいうちに早くお家《うち》へお帰《かえ》りなさい。これからは、こんなことをしてはいけません。王様《おうさま》はみんなご存《ぞん》じですよ。」

オオガラスはすっかりしょげて翼《つばさ》を力なく垂《た》れ、何度《なんど》もお辞儀《じぎ》をして、「ありがとうございます。ありがとうございます。これからは気《き》をつけます。」と言いながら、足を引きずって銀《ぎん》のススキの野原《のはら》の向こうに行ってしまいました。

ふたりはサソリを調《しら》べてみました。

頭《あたま》の傷《きず》はかなり深《ふか》かったのですが、もう血が止まっています。ふたりは泉《いずみ》の水をすくって、傷口《きずぐち》にかけて綺麗《きれい》に洗《あら》いました。そして、替《か》わるがわるフッフッと息《いき》をそこに吹《ふ》き込《こ》みました。

お日様《ひさま》がちょうど空の真《ま》ん中《なか》においでになったころ、サソリはかすかに目を開きました。

ポウセ童子《どうじ》が汗《あせ》を拭《ふ》きながら言いました。

「どうですか気分《きぶん》は。」

サソリがゆっくり呟《つぶや》きました。

「オオガラスめは死《し》にましたか。」

チュンセ童子《どうじ》が少し怒《おこ》って言いました。

「まだそんなことを言うんですか。あなたこそ死《し》ぬところでした。さあ、早く家《うち》へ帰《かえ》るように元気《げんき》をお出しなさい。明るいうちに帰《かえ》らなかったら大変《たいへん》ですよ。」

サソリが目を変《へん》に光らせて言いました。

「双子《ふたご》さん、どうか私を送《おく》ってくださいませんか。お世話《せわ》のついでです。」

チュンセ童子《どうじ》が言いました。

「それなら、僕《ぼく》におつかまりなさい。早くしないと明るいうちに家《うち》には行けません。そうすると、今夜《こんや》の星めぐりができなくなります。」

サソリは、ふたりにつかまってよろよろ歩き出しました。ふたりの肩《かた》の骨《ほね》は曲がりそうになりました。サソリの身体《からだ》はとても重《おも》いのです。大きさから言っても、童子《どうじ》たちの十倍《じゅうばい》はありました。

けれども、ふたりは顔《かお》を真《ま》っ赤《か》にしてこらえて、一足《いっそく》ずつ歩きました。

サソリは尾《お》をギーギーと石《いし》ころの上に引きずって、嫌《いや》な息《いき》をハアハアと吐《は》いて、よろりよろりと歩きます。一時間《じかん》に一キロメートルも進《すす》みません。

童子《どうじ》たちは、サソリがあまりに重いうえに、サソリの手がひどく食《く》い込《こ》んで痛《いた》いので、肩《かた》や胸《むね》が自分のものかどうかもわからなくなりました。

空の野原《のはら》はきらきら白く光っています。三人は七つの小流《こなが》れと十の芝原《しばはら》を過《す》ぎました。

童子《どうじ》たちは頭《あたま》がぐるぐるして、もう自分が歩いているのか立っているのかわかりませんでした。それでも、ふたりは黙《だま》って、やはり一足《いっそく》ずつ進《すす》みました。

「さっきから六時間《じかん》も経《た》っています。サソリの家《うち》までは、まだ一時間《じかん》半はかかりましょう。もうお日様《ひさま》が西《にし》の山にお入りになるところです。もう少し急《いそ》げませんか。僕《ぼく》らも、あと一時間《じかん》半のうちにはお家《うち》へ帰《かえ》らないといけない。けれども、苦しいですか。とても痛《いた》みますか。」と、ポウセ童子《どうじ》が言いました。

「へい。もう少しでございます。どうかお慈悲《じひ》でございます。」と、サソリが泣きました。

「ええ。もう少しです。傷《きず》は痛《いた》みますか。」と、チュンセ童子《どうじ》が肩《かた》の骨《ほね》が砕けそうに痛《いた》むのをじっとこらえて言いました。

お日様《ひさま》がサッサッサッと三回、厳《おごそ》かに揺《ゆ》らいで西《にし》の山にお沈《しず》みになりました。

「もう僕《ぼく》らは帰《かえ》らないといけない。困ったな。ここらに人は誰《だれ》もいませんか。」

ポウセ童子《どうじ》が叫《さけ》びました。天の野原《のはら》はしんとして、返事《へんじ》もありません。

西《にし》の雲《くも》は真《ま》っ赤《か》に輝《かがや》き、サソリの目も赤く悲《かな》しく光《ひか》りました。光《ひかり》の強い星たちが銀《ぎん》の鎧《よろい》を着て歌《うた》いながら、遠《とお》くの空へ現《あらわ》れた様子《ようす》です。

「ひぃとつ星《ぼし》、みぃつけた。長者《ちょうじゃ》になあれ。」

下でひとりの子供《こども》がそっちを見上《みあ》げて叫《さけ》んでいます。

チュンセ童子《どうじ》が言いました。

「サソリさん、もう少しです。急《いそ》げませんか。疲《つか》れましたか。」

「どうもすっかり疲《つか》れてしまいました。どうか、もう少しですからお許《ゆる》しください。」と、サソリが哀《あわ》れな声で言います。


星さん星さん、ひとつの星でも出ぬもんだ。

千も万もで出るもんだ。


下で別《べつ》の子供《こども》が叫《さけ》んでいます。

もう西《にし》の山は真《ま》っ黒《くろ》です。あちこちに星がチラチラ現《あらわ》れました。

チュンセ童子《どうじ》は背中《せなか》が曲《ま》がって、まるで潰《つぶ》れそうになりながら言いました。

「サソリさん、もう僕《ぼく》らは今夜《こんや》の時間《じかん》に遅《おく》れました。きっと王様《おうさま》に叱《しか》られます。ことによったら、流されるかもしれません。けれども、あなたが普段《ふだん》のところにいなかったら、それこそ大変《たいへん》です。」

「私はもう疲《つか》れて死《し》にそうです。サソリさん、もっと元気《げんき》を出して早く帰《かえ》って行ってください。」と言いながら、ポウセ童子《どうじ》は、とうとうバッタリと倒《たお》れてしまいました。

サソリは泣いて言いました。

「どうか許《ゆる》してください。私は馬鹿《ばか》です。あなた方《がた》の髪《かみ》の毛一本にも及《およ》びません。きっと、心をあらためて、このお詫《わ》びはいたします。きっといたします。」

このとき、水色《みずいろ》の激《はげ》しい光のマントを着た稲妻《いなずま》が、向こうからギラッとひらめいて飛《と》んで来ました。そして童子《どうじ》たちに手をついて言いました。

「王様《おうさま》の命令《めいれい》でお迎《むか》えに参《まい》りました。さあ、ご一緒《いっしょ》にマントへおつかまりください。直《す》ぐにお宮《みや》へお連《つ》れします。王様《おうさま》はどういうわけか、さっきからとてもお喜《よろこ》びでございます。それから、サソリ。お前《まえ》は今まで憎《にく》まれ者《もの》だったな。さあ、この薬《くすり》を。王様《おうさま》がくださったんだ。飲《の》め。」

童子《どうじ》たちは叫《さけ》びました。

「それではサソリさん。さようなら。早く薬《くすり》を飲《の》んでください。それから、さっきの約束《やくそく》ですよ。きっとですよ。さようなら。」

そして、ふたりは一緒《いっしょ》にマントにつかまりました。サソリがたくさんの手をついて平伏《へいふく》し、薬《くすり》を飲《の》みながら丁寧《ていねい》にお辞儀《じぎ》をしました。

稲妻《いなずま》がギラギラと光ったかと思うと、さっきの泉《いずみ》の側《そば》に立っていました。そして言いました。

「さあ、身体《からだ》を綺麗《きれい》にお洗《あら》いなさい。王様《おうさま》が新しい着物《きもの》と靴《くつ》をくださいました。まだ時間《じかん》も十五分あります。」

双子《ふたご》のお星様《ほしさま》たちは喜《よろこ》んで冷たい水晶《すいしょう》のような流れを浴《あ》び、匂《にお》いの良い青光《あおびか》りの薄物《うすもの》の衣《ころも》を着て、新しい白光《しろびか》りの靴《くつ》を履《は》きました。すると、身体《からだ》の痛《いた》みも疲《つか》れもいっぺんにとれて、清々《すがすが》しい気持《きも》ちになりました。

「さあ、参《まい》りましょう。」と稲妻《いなずま》が言いました。

そして、ふたりがまた、そのマントに取りつきますと、紫色《むらさきいろ》の光がパッとひらめいて、童子《どうじ》たちはもう自分のお宮《みや》の前《まえ》にいました。稲妻《いなずま》はもう見えません。

「チュンセ童子《どうじ》、それでは支度《したく》をしましょう。」

「ポウセ童子《どうじ》、それでは支度《したく》をしましょう。」

ふたりはお宮《みや》に昇《のぼ》り、向き合ってきちんと座《すわ》り、銀《ぎん》の笛《ふえ》をとりあげました。

ちょうど、あちこちで星めぐりの歌《うた》がはじまりました。

あかいめだまの　サソリ
ひろげたワシの　つばさ
あおいめだまの　子イヌ、

ひかりのへびの　とぐろ。
オリオンは高く　うたい
つゆとしもとを　おとす、
アンドロメダの　くもは
さかなのくちの　かたち。

大ぐまのあしを　きたに
五《いつ》つのばした　ところ。
小熊《こぐま》のひたいの　うえは
そらのめぐりの　めあて。

双子《ふたご》のお星様《ほしさま》たちは笛《ふえ》を吹《ふ》きはじめました。

# 双子《ふたご》の星　二

（天の川の西《にし》の岸《きし》に小さな小さなふたつの青い星が見えます。あれはチュンセ童子《どうじ》とポウセ童子《どうじ》という双子《ふたご》のお星様《ほしさま》で、それぞれ水晶《すいしょう》でできた小さなお宮《みや》に住《す》んでいます。

ふたつのお宮《みや》は真《ま》っ直《す》ぐに向かい合っています。夜はふたりとも、お宮《みや》に帰《かえ》ってきちんと座《すわ》って、空の星めぐりの歌《うた》に合わせて一晩《ひとばん》笛《ふえ》を吹《ふ》くのです。それがこの双子《ふたご》のお星様《ほしさま》たちの役目《やくめ》でした。）

ある晩《ばん》、空の下のほうが黒い雲《くも》でいっぱいに埋《う》まり、雲《くも》の下では雨がザアッザアッと降《ふ》っていました。それでも、ふたりはいつものように、それぞれのお宮《みや》にきちんと座《すわ》って、向かい合って笛《ふえ》を吹《ふ》いていました。

すると、突然《とつぜん》、大きな乱暴者《らんぼうもの》のほうき星《ぼし》がやって来て、ふたりのお宮《みや》にフッフッと青白《あおじろ》い光の霧《きり》を吹《ふ》きかけて言いました。

「おい、双子《ふたご》の青星《あおぼし》。少し旅《たび》に出てみないか。今夜《こんや》はそんなにしなくてもいいんだ。いくら難船《なんせん》の船乗《ふなの》りが星で方角《ほうがく》を定《さだ》めようったって雲《くも》で見えやしない。天《てん》文台《もんだい》の星の係《かかり》も今日は休みであくびをしてる。いつも星を見ている生意気《なまいき》な小学生も雨ですっかりへこたれて、家《うち》のなかで絵なんか描《か》いてるんだ。お前《まえ》たちが笛《ふえ》なんか吹《ふ》かなくたって星はみんなくるくるまわるさ。どうだ、ちょっと旅《たび》に出よう。明日《あした》の晩《ばん》までにはここに連《つ》れて来てやるぜ。」

チュンセ童子《どうじ》が笛《ふえ》を吹《ふ》くのをやめて言いました。

「曇《くも》った日は笛《ふえ》をやめてもいいと王様《おうさま》の許《ゆる》しをいただいてる。僕《ぼく》らは、ただ面《おも》白《しろ》くて吹《ふ》いてたんだ。」

ポウセ童子《どうじ》も笛《ふえ》を吹《ふ》くのをやめて言いました。

「けれども、旅《たび》に出るなんて、そんなことはお許《ゆる》しが出ないはずだ。雲《くも》がいつ晴《は》れるかもわからないんだから。」

ほうき星が言いました。

「心配《しんぱい》するなよ。王様《おうさま》がこの前《まえ》、俺《おれ》にそう言ったぜ。いつか曇《くも》った晩《ばん》、あの双《ふた》子《ご》を少し旅《たび》させてやってくれってな。行こう、行こう。俺《おれ》とだったら面白《おもしろ》いぞ。

俺《おれ》のあだ名は空のクジラと言うんだ。知ってるか。俺《おれ》はイワシのようなヒョロヒョロの星やメダカのような黒い隕石《いんせき》はみんなパクパク飲《の》み込《こ》んでしまうんだ。それから、一番痛快《いちばんつうかい》なのは、真《ま》っ直《す》ぐに行ってそのまま真《ま》っ直《す》ぐに戻《もど》るくらいに、思いっきりカーブを切って曲がるときだ。まるで身体《からだ》が壊《こわ》れそうになってミシミシ言うんだ。光の骨《ほね》までカチカチ言うぜ。」

ポウセ童子《どうじ》が言いました。

「チュンセさん、行きましょうか。王様《おうさま》がおっしゃってたそうですから。」

チュンセ童子《どうじ》が言いました。

「けれども、王様《おうさま》がお許《ゆる》しになったなんて、いったい本当《ほんとう》でしょうか。」

ほうき星が言いました。

「フッ。嘘《うそ》だったら、俺《おれ》の頭《あたま》が裂《さ》けてしまったっていいさ。頭《あたま》と胴《どう》と尾《お》がバラバラになって海《うみ》に落《お》ちて、ナマコにでもなるだろうよ。嘘《うそ》なんか言うもんか。」

ポウセ童子《どうじ》が言いました。

「それなら王様《おうさま》に誓《ちか》えるかい。」

ほうき星はわけもなく言いました。

「うん、誓《ちか》うとも。それでは王様《おうさま》、ご照覧《しょうらん》ください。ええ、今日《きょう》、王様《おうさま》のご命令《めいれい》で双子《ふたご》の青星《あおぼし》は旅《たび》に出ます。ね、いいだろう。」

ふたりは一緒《いっしょ》に言いました。

「うん。いいよ。それなら行こう。」

ほうき星がいやに真面目《まじめ》くさって言いました。

「それじゃ、早く俺《おれ》の尻尾《しっぽ》につかまれ。しっかりとつかまるんだ。さ、いいか。」

ふたりはほうき星の尻尾《しっぽ》につかまりました。ほうき星は青白《あおじろ》い光をひとつ、フウと吐《は》いて言いました。

「さあ、出発《しゅっぱつ》だ。ギイギイフウフウ、ギイギイフウフウ。」

本当《ほんとう》に、ほうき星は空のクジラのようです。弱《よわ》い星はあちこち逃《に》げまわりました。だいぶ進《すす》んだので、ふたりのお宮《みや》もはるかに遠《とお》く遠《とお》くなってしまい、今は小さな青白《あおじろ》い点にしか見えません。

チュンセ童子《どうじ》が言いました。

「もうかなり来たな。天の川の落《お》ち口《ぐち》はまだだろうか。」

すると、ほうき星の態度《たいど》がガラリと変わってしまいました。

「へん。天の川の落《お》ち口《ぐち》より、お前《まえ》らの落《お》ち口《ぐち》を見ろ。それ、一、二の、三。」

ほうき星は尾《お》を強く二、三回動《うご》かし、おまけに後ろを振《ふ》り向いて、青白《あおじろ》い霧《きり》を激《はげ》しくかけて、ふたりを吹《ふ》き落《お》としてしまいました。

ふたりは青黒《あおぐろ》い虚空《こくう》を真《ま》っしぐらに落《お》ちました。

「あっはっは、あっはっは。さっきの誓《ちか》いも何もかも、みんな取り消しだ。ギイギイフウフウ、ギイギイフウフウ。」と言いながら、ほうき星は走《はし》って行ってしまいました。ふたりは落《お》ちながら、しっかりとお互《たが》いの肘《ひじ》をつかみました。この双子《ふたご》のお星様《ほしさま》はどこまでも、一緒《いっしょ》に落《お》ちようとしたのです。

ふたりの身体《からだ》は、空気《くうき》のなかに入ってから雷《かみなり》のように鳴《な》り、赤い火花《ひばな》がパチパチあがって、見ているだけで目眩《めまい》がするくらいでした。そして、ふたりは真《ま》っ黒《くろ》な雲《くも》のなかを通《とお》って、暗《くら》い波《なみ》の吠《ほ》えていた海《うみ》のなかに矢《や》のように落《お》ち込《こ》みました。

ふたりはずんずん沈《しず》みました。けれども、不思議《ふしぎ》なことに、水のなかでも自由《じゆう》に息《いき》ができたのです。

海《うみ》の底《そこ》はやわらかな泥《どろ》で、大きな黒いものが寝《ね》ていたり、もやもやの藻《も》が揺《ゆ》れていたりしました。

チュンセ童子《どうじ》が言いました。

「ポウセさん、ここは海《うみ》の底《そこ》でしょうかね。もう僕《ぼく》たちは空に昇《のぼ》れません。これから、どんな目に遭《あ》うでしょう。」

ポウセ童子《どうじ》が言いました。

「僕《ぼく》らはほうき星に騙《だま》されたのです。ほうき星は王様《おうさま》にも嘘《うそ》をついたのです。本当《ほんとう》に憎《にく》いやつではありませんか。」

すると足元《あしもと》で、赤く光る星の形《かたち》の小さなヒトデが言いました。

「お前《まえ》さんたちはどこの海《うみ》の人たちですか。お前《まえ》さんたちは青いヒトデの印《しるし》をつけていますね。」

ポウセ童子《どうじ》が言いました。

「僕《ぼく》らはヒトデではありません。星ですよ。」

すると、ヒトデが怒《おこ》って言いました。

「なんだと。星だって。ヒトデはもともと、みんな星さ。お前《まえ》たちはそれじゃ、今やっとここへ来たんだろう。なんだ、それじゃ新米《しんまい》のヒトデだ。ほやほやの悪《あく》党《とう》だ。悪いことをしてここへ来ながら、星だなんて鼻《はな》にかけるのは海《うみ》の底《そこ》では流《は》行《や》らないさ。おいらだって、空にいたときは第一等《だいいっとう》の軍人《ぐんじん》だぜ。」

ポウセ童子《どうじ》が悲《かな》しそうに上を見ました。

もう雨が止《や》んで、雲《くも》がすっかりなくなり、海《うみ》の水もまるでガラスのように静《しず》まって空がはっきり見えました。天の川も、空の井戸も、ワシの星や琴弾《ことひ》きの星も、みんなはっきりと見えます。小さく小さく、ふたりのお宮《みや》も見えました。

「チュンセさん、すっかり空が見えます。僕《ぼく》らのお宮《みや》も見えます。それなのに僕《ぼく》らはとうとうヒトデになってしまいました。」

「ポウセさん、もう仕方《しかた》ありません。ここから空のみなさんにお別《わか》れしましょう。また、お姿《すがた》は見えませんが、王様《おうさま》にもお詫《わ》びしましょう。」

「王様《おうさま》さようなら。私どもは今日《きょう》からヒトデになるのでございます。」

「王様《おうさま》さようなら。馬鹿《ばか》な私どもは、ほうき星に騙《だま》されました。今日《きょう》からは暗《くら》い海《うみ》の底《そこ》の泥《どろ》を、私どもは這《は》い回ります。」

「さようなら、王様《おうさま》。また、天上《てんじょう》のみなさま。お栄《さか》えをお祈《いの》りします。」

「さようなら、みなさま。また、すべての上の尊《とうと》い王様《おうさま》、いつまでもそうしておいでください。」

赤いヒトデがたくさん集まってきて、ふたりを囲《かこ》んでガヤガヤ言っておりました。

「こら、着物《きもの》をよこせ。」

「こら、剣《けん》を出せ。」

「税金《ぜいきん》を出せ。」

「もっと小さくなれ。」

「俺《おれ》の靴《くつ》を拭《ふ》け。」

そのとき、みんなの頭《あたま》の上を真《ま》っ黒《くろ》な、大きな大きなものがゴーゴーゴーと吠《ほ》えて通《とお》りかかりました。ヒトデたちは慌《あわ》てて、お辞儀《じぎ》をしました。黒いものは行き過《す》ぎようとして、ふと立ち止まって、目を凝《こ》らしてふたりを見て言いました。

「ははあ、新兵《しんぺい》だな。まだお辞儀《じぎ》の仕方《しかた》も習《なら》ってないんだな。こら、クジラ様《さま》を知らんのか。俺《おれ》のあだ名は海《うみ》のほうき星と言うんだ。知ってるか。俺《おれ》はイワシのようなヒョロヒョロの魚《さかな》やメダカのような目の見えない魚《さかな》はみんなパクパク飲《の》んでしまうんだ。それから、一番痛快《いちばんつうかい》なのは真《ま》っ直《す》ぐに進《すす》みながら、そのままグルッと円を描《えが》いて真《ま》っ直《す》ぐに帰《かえ》るくらい、ゆっくりカーブを切るときだ。まるで身体《からだ》のアブラがねとねとしたみたいになるぞ。さて、お前《まえ》たちは天からの追放《ついほう》の書《か》き付《つ》けを持《も》って来たろうな。早く出せ。」

ふたりは顔《かお》を見合《みあ》わせました。

「僕《ぼく》らはそんなもの持《も》ってない。」とチュンセ童子《どうじ》が言いました。

するとクジラが怒《おこ》って水をひとつ、口からぐうっと吐《は》きました。ヒトデたちはみんな顔色《かおいろ》を変えてよろよろしましたが、ふたりは堪《こら》えてしゃんと立っていました。

クジラが怖《こわ》い顔《かお》をして言いました。

「書き付けを持《も》たないのか、悪党《あくとう》め。天上でどんなに悪いことをしてきたやつでも、書き付けを持ってこなかった者はここにはいないぞ。貴様《きさま》らは本当《ほんとう》にけしからん。さあ、飲《の》んでしまうから、そう思え。いいか。」

クジラは口を大きく開けて身構《みがま》えました。ヒトデや近所《きんじょ》の魚《さかな》は巻《ま》き添《ぞ》えを食っては大変《たいへん》だと、泥《どろ》のなかにもぐり込《こ》んだり、一目散《いちもくさん》に逃《に》げたりしました。

そのとき、向こうから銀色《ぎんいろ》の光がパッと射《さ》して、小さなウミヘビがやって来ました。クジラは非常《ひじょう》に驚《おどろ》いたらしく、急《いそ》いで口を閉《と》じました。

ウミヘビは不思議《ふしぎ》そうに、ふたりの頭《あたま》の上をじっと見て言いました。

「あなた方《がた》はどうしたのですか。悪《わる》いことをなさって天から落《お》とされたお方《かた》ではないように思われますが。」

クジラが横《よこ》から言いました。

「こいつらは追放《ついほう》の書き付けを持《も》ってませんよ。」

ウミヘビが凄《すご》い目をして、クジラを睨《にら》みつけて言いました。

「黙《だま》っておいで、生意気《なまいき》な。このお星様方《ほしさまがた》をこいつらなんて、お前《まえ》がどうして言えるんだ。お前《まえ》は善《よ》いことをしていた人の頭《あたま》の上の後光《ごこう》が見えないのだ。悪いことをしたものなら、頭《あたま》の上に黒い影《かげ》ぼうしが口を開けているから直《す》ぐわかる。お星様方《ほしさまがた》、こちらへおいでください。王のところへご案内《あんない》差《さ》し上げましょう。おい、ヒトデ。明《あ》かりを灯《とも》せ。こら、クジラ、あんまり暴《あば》れてはいかんぞ。」

クジラが頭《あたま》を掻《か》いて平伏《へいふく》しました。

驚《おどろ》いたことに、赤い光のヒトデが幅《はば》の広い二列にぞろっと並《なら》んで、まるで街道《かいどう》の明《あ》かりのようです。

「さあ、参《まい》りましょう。」ウミヘビは白髪《しらが》を振《ふ》ってうやうやしく言いました。

ふたりはそれにつづいて、ヒトデの間《あいだ》を通《とお》りました。間《ま》もなく青黒《あおぐろ》い水明《みずあ》かりのなかに大きな白い城《しろ》の門があって、その扉《とびら》がひとりでに開《ひら》いて、なかからたくさんの立派《りっぱ》なウミヘビが出て来ました。そして、双子《ふたご》のお星様《ほしさま》たちはウミヘビの王様《おうさま》の前《まえ》に導《みちび》かれました。

王様《おうさま》は白く長い髭《ひげ》の生えた老人《ろうじん》で、ニコニコ笑《わら》って言いました。

「あなた方《がた》はチュンセ童子《どうじ》にポウセ童子《どうじ》。よく存《ぞん》じております。あなた方《がた》が、前《まえ》にあの空のサソリの悪い心を命がけでお直《なお》しになった話は、ここへも伝《つた》わっております。私は、それをこちらの小学校の教科書《きょうかしょ》にも入れさせました。さて、今《こん》度《ど》はとんだ災難《さいなん》でびっくりなさったでしょう。」

チュンセ童子《どうじ》が言いました。

「これはお言葉《ことば》、まことに恐《おそ》れ入ります。私どもは、天上《てんじょう》に帰《かえ》れませんし、できますことなら、こちらでなんなり、みなさまのお役《やく》に立ちたいと存《ぞん》じます。」

王が言いました。
「いやいや、そのご謙遜《けんそん》は恐《おそ》れ入ります。早速《さっそく》、竜巻《たつまき》に言いつけてお送《おく》りいたしましょう。お帰《かえ》りになりましたら、あなたの王様《おうさま》にウミヘビめがよろしく申《もう》し上げていたとお伝《つた》えください。」
ポウセ童子《どうじ》が喜《よろこ》んで言いました。
「それでは、海《うみ》の王様《おうさま》は私どもの王様《おうさま》をご存《ぞん》じでいらっ

しゃいますか。」

　王は慌《あわ》てて椅子《いす》から降《お》りて言いました。

「いいえ、それどころではありません。王様《おうさま》は、この私の唯一《ゆいいつ》の王でございます。遠《とお》い昔《むかし》から、私めの先生でございます。私は、あの方《かた》の愚《おろ》かなしもべでございます。いや、まだおわかりになりますまい。けれども、やがておわかりになるでしょう。それでは、夜の明けないうちに竜巻《たつまき》にお供《とも》させます。これ、これ。支《し》度《たく》はいいか。」

　一匹《いっぴき》の家来《けらい》のウミヘビが答《こた》えました。

「はい。門の前《まえ》でお待《ま》ちいたしております。」

　ふたりは丁寧《ていねい》に、王にお辞儀《じぎ》をしました。

「それでは王様《おうさま》、ごきげんよう。いずれ、あらためて空からお礼《れい》を申《もう》し上げます。このお宮《みや》がいつまでも栄《さか》えますように。」

王は立って言いました。

「あなた方《がた》も、どうかますます立派《りっぱ》にお光りくださいますように。それではごきげんよう。」

家来《けらい》たちが一度《いちど》にうやうやしくお辞儀《じぎ》をしました。

童子《どうじ》たちは門の外に出ました。

竜巻《たつまき》が銀《ぎん》のとぐろを巻《ま》いて寝《ね》ています。

ひとりのウミヘビがふたりをその頭《あたま》に乗《の》せました。

ふたりはその角《つの》につかまりました。

そのとき、赤い光のヒトデがたくさん出て来て叫《さけ》びました。

「さようなら。どうか空の王様《おうさま》によろしくお伝《つた》えください。私どもも、いつか許《ゆる》されますようにお願《ねが》いいたします。」

ふたりは一緒《いっしょ》に言いました。

「きっと、そう申《もう》し上げます。やがてまた空でお目にかかりましょう。」

竜巻《たつまき》がそろりそろりと立ち上がりました。

「さようなら。さようなら。」

竜巻《たつまき》はもう頭《あたま》を真《ま》っ黒《くろ》な海《うみ》の上に出しました。と、思うと急《きゅう》にバリバリバリッと激《はげ》しい音がして、竜巻《たつまき》は水と一緒《いっしょ》に矢のように高く高く昇《のぼ》りました。

まだ夜が明けるまでには、たっぷり時間《じかん》があります。天の川がずんずん近くなって、ふたりのお宮《みや》がはっきり見えました。

「ちょっとあれをご覧《らん》なさい。」と闇《やみ》のなかで竜巻《たつまき》が言いました。

見ると、あの大きな青白《あおじろ》い光のほうき星はバラバラに分《わ》かれてしまって、頭《あたま》も尾《お》も胴《どう》も別々《べつべつ》に狂《くる》ったように凄《すご》い音を立て、ガリガリ光って真《ま》っ黒《くろ》な海《うみ》のなかに落《お》ちて行きます。

「あいつはナマコになりますよ。」と竜巻《たつまき》が静《しず》かに言いました。

もう空の星めぐりの歌《うた》が聞こえます。

そして、童子《どうじ》たちはお宮《みや》につきました。

竜巻《たつまき》はふたりを降《お》ろすと、「さようなら。ごきげんよう。」と言いながら、風のように海《うみ》に帰《かえ》って行きました。

双子《ふたご》のお星様《ほしさま》はそれぞれのお宮《みや》に昇《のぼ》りました。そして、きちんと座《すわ》って、見えない空の王様《おうさま》に言いました。

「私どもの不注意《ふちゅうい》から、しばらく役目《やくめ》を欠《か》かしまして、申《もう》し訳《わけ》ございません。それにもかかわらず、今晩《こんばん》はお恵《めぐ》みによって、不思議《ふしぎ》と助《たす》かりました。海《うみ》の王様《おうさま》がたくさんの尊敬《そんけい》をお伝《つた》えしてくれと申《もう》しておりました。それから、海《うみ》の底《そこ》のヒトデがお慈悲《じひ》を願《ねが》っておりました。また、私どもから申《もう》し上げますが、ナマコもしできますなら、お許《ゆる》しを願《ねが》いたく存《ぞん》じます。」

そして、ふたりは銀《ぎん》の笛《ふえ》を手に取りました。
東《ひがし》の空が黄金色《きんいろ》になり、もう夜明けまで間《ま》もありません。

## あとがき

とあるプレゼント用の本を探しに書店へ入り、書棚の前で途方に暮れたのは五年くらい前のことだったと思います。僕が手に取った本は、どれも漢字にルビ＝振り仮名が振られておらず、小学校の高学年にならないと読めなそうな本ばかりでした。

漢字の読み書きの能力を想像しながら売り場を歩くと、絵本のコーナーにたどり着きました。

どんな年齢の人が読んでも面白い絵本はたくさんあります。売り場にも、素敵な絵本がいくつも並んでいました。けれども、僕が贈りたいのは、「はじめての読書」になるような本でした。

もちろん、絵本を読むことは読書ではないと言いたいわけではありません。僕が渡したかったのは、絵本と文芸書の間をつなぐような、ある程度の文章を読んで何かを感じるという体験だったのです。

小学校の低学年と高学年の間には、読書体験の窪地《くぼち》のようなところがあるのかもしれないと僕は思いました。学校で漢字を習うまで読めない本があるとしたら、悲しいほどの機会の損失です。

ルビの有り無しを簡単に飛び越えて、読書に没頭《ぼっとう》してゆく子もいるでしょう。読める読めないということはとても不思議で、大人が読めていないことを子どもが読み取っていたり、漢字がわからなくても意味をつかまえている子がいたりと、漢字学習の濃淡とイコールでは結べません。難しい本だろうから子どもには読めない、という偏見は書き手にも読み手にも、文学の歴史にも失礼なことなのだと思います。

一方で、書いてある漢字が読めないということを理由に、その本から撤退《てったい》してしまう子もたくさんいるのではないかと想像します。

それではと、こうしてすべてのもじをひらがなでかいてみると、とてもよみづらいです。ほとんどあんごうのようになってしまいます。むつかしいことです。ぎゃくに、こどもたちをりすぺくとしていないようなきもちになります。もっとも、しょてんにそうしたほんはいっさつもありませんでした。

というわけで、先に書いた通り、僕は書店で途方に暮れました。

いっそのこと、すべての漢字にルビを振って、プリントアウトしたものを渡そうと考えて、新潮文庫の『銀河鉄道の夜』をチクチクとワードファイルに打ち直すところから、この本の執筆がはじまりました。
プレゼント用の本を自作しようと思ったのです。

文章を打ち直しながら、改めて、僕は宮沢賢治の詩情にズンズンと惹《ひ》かれて行きました。人気《ひとけ》のない冬の朝の透き通った空気を吸い込んだときの、肺の奥がひんやりとして清々しくなるような、ひとりぼっちのまま世界をひとりじめにしているような、そんな瞬間に身をひたし続けているような気分でした。

夢中になって書き写しているうちに、段々と、文章のなかで重複する表現が気になりはじめました。とても素敵な作品だけれど、最後のところで編集者の手が入っていないのではないかとも感じました。音楽で言うならば、デモテープなのかもしれないと。

ふと思い出したのは、僕の職業はミュージシャンだということでした。

音楽には、楽器ごとに分けられた音源を編み直す、リミックスという表現があります。原曲の音を使って編み直すだけでなく、ほとんどの場合は新たな音が加えられて、楽曲が再解釈されます。

僕は不遜《ふそん》にも、この手法で、『銀河鉄道の夜』を自分なりにリミックスしようと思いました。音読したときの響きがやや古典的に聞こえつつあるこの物語の詩情をそのままに、現代風のサウンドに立ち上げ直したいと考えたのです。

さらに『よだかの星』と『双子の星』を加えて、この本を『銀河鉄道の星』と名づけました。二つの物語が並ぶことで、レコードやCDのアルバムのなかでシングル曲が再解釈されるような、奥行きと豊かさを持たせたいと思いました。

もちろん、原作の響きは僕が語るまでもなく素晴らしいものです。ビートルズの名曲が謎のボサノバ・アレンジによって台無しにされていたり、あるいはスーパーマーケットで聴くようなインストゥルメントで聴かされたりしたときのような、憤《いきどお》りに近い感情を抱く人もいるかもしれません。そうした風景を想像しつつ、恐れおののきつつ、ありったけの愛をもってリミックスしました。

僕の印税はすべて「ハタチ基金」という「東日本大震災発生時に〇歳だった赤ちゃんが無事にハタチを迎えるその日まで」を合言葉に活動している団体に寄付します。

本来、プレゼント用にたった一冊の本が欲しくてはじめたことです。その一冊が手に入れば十分です。

ミシマ社の三島邦弘さん、装丁家の名久井直子さんの協力なくして、この本は作れませんでした。そして何より、素晴らしい絵画を描いてくださった牡丹《ぼたん》靖佳《やすよし》さんに感謝します。牡丹さんの絵は、僕のリミックスがぎりぎりのところで謎のボサノバ・アレンジに転落することを防いでくれたように思います。

読む、書く、という人間の営みに愛を込めて。

後藤正文

## 宮沢賢治

（1896 年 8 月 27 日－ 1933 年 9 月 21 日）

岩手県稗貫郡花巻町（現・花巻市）生まれ。盛岡高等農林学校卒。1921 年から 4 年半、花巻農学校教諭。仏教信仰と農民生活に根ざした創作を行った。生前に発表されたのは、自費出版した童話集『注文の多い料理店』と詩集『春と修羅』のみだったが、没後、童話「風の又三郎」、詩「雨ニモマケズ」など、たくさんの作品が多くの人に読み継がれている。

### 銀河鉄道の夜

宮沢賢治の童話作品の代表作のひとつとされている。1924 年ごろ初稿が執筆された後、推敲が繰り返され、草稿として遺された。

### よだかの星

1921 年ごろに執筆されたと考えられ、賢治の没年の翌年に発表された。

### 双子の星

宮沢賢治の童話の中で、最初期の 1918 年ごろに書かれ、作者が弟妹に読みきかせたといわれている。

**後藤正文**（ごとう・まさふみ）

1976年静岡県生まれ。日本のロックバンド・ASIAN KUNG-FU GENERATION のボーカル＆ギターを担当し、ほとんどの楽曲の作詞・作曲を手がける。ソロでは「Gotch」名義で活動。また、新しい時代とこれからの社会を考える新聞『THE FUTURE TIMES』の編集長を務める。レーベル「only in dreams」主宰。著書に『何度でもオールライトと歌え』『凍った脳みそ』（ミシマ社）、『YOROZU 妄想の民俗史』（ロッキング・オン）、『ゴッチ語録 決定版』（ちくま文庫）がある。

**牡丹靖佳**（ぼたん・やすよし）

1971年大阪府生まれ。現代美術作家。絵画を中心に国内外で作品を発表するほか、絵本や本の挿絵、装画を手がける。著書に『おうさまのおひっこし』『ルソンバンの大奇術』（福音館書店）、装画・挿絵に『どろぼうのどろぼん』（斉藤倫 作、福音館書店）がある。


本書は、宮沢賢治の作品「銀河鉄道の夜」「よだかの星」「双子の星」を新訳したものです。


**銀河鉄道の星**

二〇一八年十二月三日　初版第一刷発行

原作　宮沢賢治
編　後藤正文
絵　牡丹靖佳

発行者　三島邦弘
発行所　（株）ミシマ社
郵便番号　一五二-〇〇三五
東京都目黒区自由が丘二-六-一三
電話　〇三（三七二四）五六一六
FAX　〇三（三七二四）五六一八
e-mail　hatena@mishimasha.com
URL　http://www.mishimasha.com/
振替　〇〇一六〇-一-三七二九七六

ブックデザイン　名久井直子
校正　牟田都子
印刷・製本　図書印刷（株）
プリンティングディレクター　山宮伸之





ISBN 978-4-909394-16-3

好評絵本

## はやくはやくっていわないで

益田ミリ（作）、平澤一平（絵）

きこえていますか？　この子の声、あの人の声、わたしの声…この絵本には、いまを生きるわたしたちがつい忘れがちな、とても大切なメッセージがつまっています。

第58回産経児童出版文化賞受賞のロングセラー

ISBN：978-4-903908-21-2　1500円（価格税別）

## だいじな だいじな ぼくのはこ

益田ミリ（作）、平澤一平（絵）

「たったひとりで　ここまできたよ」ちいさなくるまくんが、おびえながらも、はじめての世界をすすんでいく。「ぼくには　つんでるにもつがある」から、大丈夫！

ISBN：978-4-903908-29-8　1500円（価格税別）

## ネコリンピック

益田ミリ（作）、平澤一平（絵）

よ～いどんで　走らなくて　いいんだってにゃ～　こんな大会、待ってたんだにゃ～　みんなメダルが　もらえますにゃ～　ネコたちのゆるさに緊張がほぐれるほっこり絵本。

ISBN：978-4-903908-56-4　1500円（価格税別）

## わたしのじてんしゃ

益田ミリ（作）、平澤一平（絵）

ほら　みて　これは　わたしのじてんしゃ。ベッドにおふろ、ブランコやぼくじょう……さいごはどんなじてんしゃに？　わたしたちの可能性は無限大！

ISBN：978-4-903908-74-8　1500円（価格税別）

## おなみだぽいぽい

後藤美月（作・絵）

だから　なきました　おなかのおくに　ある　かたまり　ふつふつ　ぜんぶ　なみだに　なるように―うまく言えない、泣きたい気持ちに、そっと寄り添う名作誕生。

ISBN：978-4-903908-97-7　1500円（価格税別）

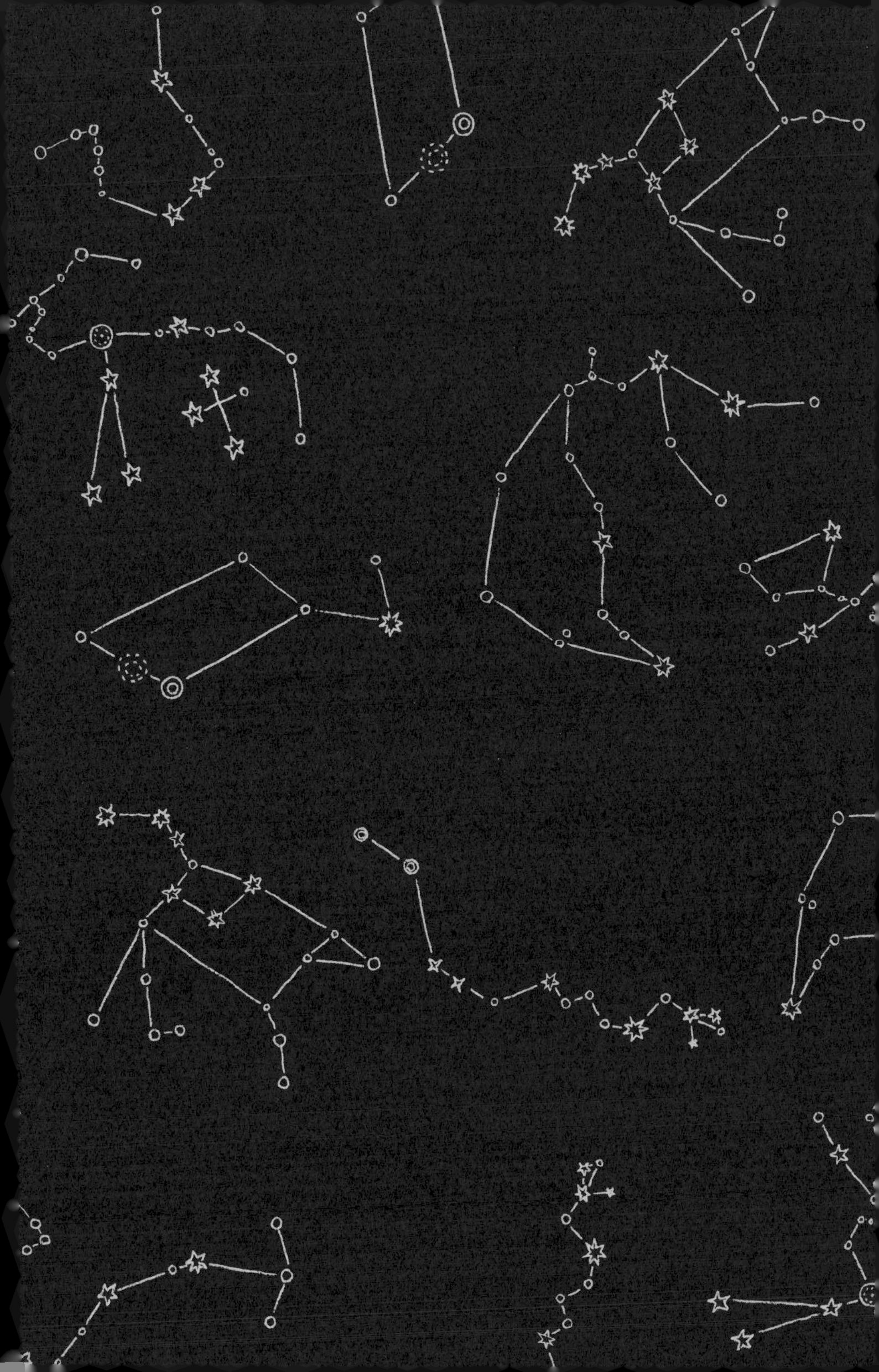